KB245054

따뜻한 동행을 위한 기도

따뜻한 동행을 위한 기도

박 철 언 지음

평민사

_______________ 님에게

사랑하기에도 짧은 시간들
서로에게 힘이 되고 위로가 되는
따뜻한 동행이 되고저
이 시집을 드립니다

년   월

목차

제3부 _간이역

제5부 _비밀의 정원

제6부 _다비의 불꽃

시인의 말

첫 시집 『작은 등불 하나』를 펴낸 후 많은 시간이 흘렀다. 과분하게도 2005년 '제10회 서포 김만중 문학상(시부문) 대상' 과 2008년 '순수문학 작가상' 을 받는 행운도 있었다.

30여 년 공직 생활을 떠나면서 초야에 묻혀 '사랑하고 사랑받는 조용한 생활' 을 하며 시(詩)와 더불어 살고 싶다고 다짐했었다. 그러나 대학에서 강의하고 고향에서 봉사하는 생활을 하는 삶도 바쁘기는 마찬가지였다. 어느덧 강산이 여섯 번이나 변했다. 화살처럼 빠른 세월이다.

그동안 틈틈이 써 온 시(詩)를 가끔 월간지에 발표도 하고 홈페이지에 올려놓으면 꾸준히 지켜봐 주시면서 격려의 말이나 메일을 보내 주시는 독자들이 적지 않았다. 이분들이 없었다면 이 책은 세상에 나오지 못했을 것이다.

온갖 시름을 앓으며 꽃들이 다투어 피었다가 지는 초여름, 차 한 잔을 앞에 두고 원고를 정리하면서 어쩌면 마지막 시집이 될지도 모른다는 생각이 드는 것은 처음 시집을 낼 때의 조심스러운 마음과 다르지 않다.

누구를 감동하게 한다는 생각으로 쓴 것은 아니다. 바쁜 생활 속에 틈틈이 나만의 공간에서 또는 여행길 대자연 속에서 그

평화와 소박함이 아름답게 가슴을 파고들 때, 한없는 외로움이
밀려와 몸부림칠 때, 마음이 복잡하거나 무척 힘들 때, 꾸밀 것
도 감출 것도 없는 솔직한 내 영혼의 절규를 그대로 옮겼을 뿐
이다.

　늦은 밤, 혹은 잠을 이루지 못하는 새벽녘, 나의 시(詩)에게
말을 걸면 파편처럼 이리저리 흩어져 있던 생각들이 다시 한곳
으로 모이고 잃어버린 줄만 알았던 사랑, 아픔, 안타까움, 환희,
그리움, 지난날의 시간들이 되살아난다.

　그 사연들을 그대와 함께 하고자 모아 엮어 보았다. 삶이 때
로 너무 피곤하고 괴로울 때 가끔 불러낼 수 있는 아름다운 추
억이 있는 한 우리는 한결 여유로워질 것이다. 이 시집을 통해
독자들과 함께 사랑과 추억을 나누고 싶다.

2011년 7월

선릉 숲이 내려다 보이는 서재에서

靑民 박 철 언

제 1 부

봄, 오일장

봄, 오일장

모진 강풍과 폭설에 더디게 오는 봄
한 줌 볕, 산 중턱에 뿌리내린 달래
손톱 밑 닳도록 캐낸 밭고랑의 냉이
할머니 손때 묻은 소쿠리에서
서로서로 기대어 졸고 있다

이마의 주름살만큼이나 깊게 패인 세월의 흔적
닷새마다 장거리에 나서는 일
낯익은 얼굴들이 그리워서라며
오늘도 장 모퉁이에 앉아
접혀질 듯 굽은 등을 몇 번이나 일으켜야 할까

풋것들 위에 검버섯 피어난 주름진 손
때 묻은 정 덤으로 얹어 팔아도 썰렁한 장마당
볕 살 눈부신 장거리 바쁜 발걸음들
허허로운 눈빛으로 바라보는
할머니의 노곤한 하루는 길기만 하다

봄비

아무리 어수선한 세상이라 해도
거리마다 골목마다 찬란한 소문으로
세상 가장 아름다운 꿈을 꼭꼭 숨기고
콧노래 부르며 다가오는 그대

오랜 침묵의 대지에
촉촉이 젖은 뺨 부비며
아득히 스며들어

그대 앞서가며 낸 길마다
꽃망울 톡톡 터트려 놓으니
꽃내음은 몸살을 하는데

오늘도 들려오는
보드라운 빗소리에
언 강물 풀리니
그 또한 어여뻐라

인연

우연과 필연으로 만났다가 헤어지기를
수 없이 반복하는 세월, 많고 많은 사람 중에
전생에 한 번쯤 스쳐 간 인연인가
오직 한 사람 그대만이 한 아름 팔 벌려
시린 어깨를 감싸주고 뜨겁게 안아주네

그대 처음 만나던 날
설렘과 기대로 초조하게 기다리던 시간
조용한 음성, 미소 띤 모습
다정한 눈빛이 좋았지요

세상 모든 인연 흐르고 흘러
때가 되면 이별의 시간이 다가오고
언젠가 잊힐 이름이지만
그대 손잡고 걷던 행복한 여정

그대 잠시 머문 자리
가슴 벅차게 눈부시던 그 순간
말은 죄다 버리고 문장도 지우고
끝내 버리고 싶지 않은 이름 하나
오래오래 기억하리라

보고 싶다

다정한 연인들 요란한 웃음소리

바쁘게 움직이는 발걸음 때문일까
홀로 걷기엔 너무 쓸쓸한 날

하루의 피로가 몰려오고
벗어날 수 없는 외로운 가슴 달랠 길 없어

별들이 기웃거리는 창가에 서면
어리는 별빛 그 사이로
그대 미소 짓는 모습이 보인다

행여 하고 전화를 걸어도
그대 너무 멀리 있어

내게 올 수 없다고
지친 나를 어루만져 주던

다정한 그 음성만
오래오래 귓가에 맴돌아

더욱 스며드는 그리움

‘그대가 보고 싶다’

깊어가는 이 밤
누구도 쉽게 발 들여 놓을 수 없는

내 마음 깊은 곳에 머무는 그대
그대를 기다린다

새벽

밤하늘의 별들도 웅크리고 앉아
졸린 눈 비비고 있을 때
유난히 빛나는 별 하나

그대만을
기다리다 지쳐
깊고 푸른 잠에 빠진
내 창가에 다녀간 것일까

어둠과 이제 그만 작별할 시간
그대 슬며시 다녀간 흔적 따라
꿈을 깨워 함께 그림자를 쫓으면

그대 지나는 길마다 덩달아
초롱한 눈 뜨고 깨어나는 이슬
눈부신 꽃들이 기지개를 켜면

새들도 사뭇 숨 가쁜
하늘길의 끝에 그대가 있다
그대를 닮은 우주가 열린다

폭설, 그 후

습기를 머금은 눈
그 속에 담긴 음모를 아무도 모른다
겨울이 겨울답지 않다고
사람들이 수군대더니
슈퍼컴퓨터도 빗나가고
과학의 한계도 보여주고
기상청의 기록도 갈아 치우더니
화물차와 승합차가 고갯길에서 뒤엉키고
하늘길도 막혔다

햇살을 받아 반짝이는 눈발이
세상의 모든 추한 것을 감춰준다고
감상에 젖을 여유도 없이
조심조심 교차로를 지나야 한다
다리 위를 지날 때는 더욱 심하게
미끄러움의 곡예를 거친 다음에
도달한 거기
바람 한 점 없는 빌딩 숲
키 큰 소나무에서 한 무더기 눈이 쏟아져 내린다

삿포로의 밤

설국(雪國)의 길었던 하루가 저물고
저녁모임도 끝나가는 시간

눈 축제가 열리는 오도리 공원과 스스끼노 거리에는
눈 조각과 음악과 춤을 즐기는
수많은 다양한 관객들도 법석대는데
나그네의 육신은 천근만근 더 무거워진다

늘 가까이 있지만
그만큼의 거리를 두고 멀리 있는 사람
그대 멀리 떠나오니 더욱 허전한 밤
비어 있는 가슴으로 창문 넘어들어오는 달빛
시린 내 잔등에 기대어 가만가만 자장가를 불러줄 때

이심전심, 행여나 기다리는 그대의 안부
캄캄한 바다 건너 갈매기 마음 되어 내게로 오려나
어두운 마음 저 멀리 털어내고
어느새 꿈결인 듯 그대 곁에 잠들고 싶은 밤

당신의 첫 모습만을

이 넓은 세상
수많은 사람들 중에
당신을 만난 것은
행운이었습니다

당신을 처음 만나던 날
하얀 치아, 둥근 이마
늘씬한 몸매, 맑은 웃음
꿈꾸는 듯한 눈빛을 보며
설레이던 마음
오래오래 기억합니다

어색한 인사
떨리는 음성
바람이 스쳐 가듯
벅찬 호흡 또한 지나갔지만

40년 함께 세상 살면서
서로 다른 생각으로 아픔도 깊었지만
괴롭고 지칠 때
당신의 첫 모습만을 떠올리며
어두운 그림자 떨쳐 버립니다

쪽방촌 사람들

연일 영하 10도를 기록하는 매운 날씨
10년 만에 닥친 한파에 쪽방촌 골방에서는
두꺼운 외투까지 입고 잠자리에 들어도
하얀 입김이 새어나와
뜬 눈으로 날이 새는 밤과 새벽 그 사이
한 사람의 생사를 달리하게도 한다는 것을
인간으로 살아갈 권리마저 빼앗아 갔다

화려한 불빛 뒤로
주름살 짙은 절망과 낙담으로
서러운 겨울과 싸우고 있는 골목 안
혹한의 쪽방촌 사람들은
두려운 어둠 속에서 어서 빨리
봄이 오기만을 기다리며
긴 긴 겨울을 견디어 내고 있다

커피 한 봉의 추억

강남대로에 낙엽 지고 찬바람 치는 계절이 오면
김이 모락모락 피어오르는 한 잔의 커피를 앞에 놓고
순간의 여유를 가진다

커피잔 속에서 출렁이는 지난 시간이 떠오르고
한 평 철창 속으로 일회용 커피 한 봉을 건네주던
이름 모를 교도관의 따뜻한 손길이 생각난다

꽁꽁 얼어붙었던 가슴
목젖을 타고 뜨겁게 흘러내리던
그때 그 커피 맛 생각하면
눈가에 이슬이 맺힌다

이 세상에서 가장 향기로운 커피였기에
이 생명 다하는 날까지 그 맛, 그 인정
잊을 수가 없다

1월, 라플란드(Lapland)

영하 20도의 맵찬 날에도
지구의 끝자락에서 순록을 치며 살아가는
사미(Sami)족의 삼각 텐트에는 웃음꽃이 넘쳐난다

얼마나 오래 기다려야 할까
모닥불이 활활 타오르는 밤
오랜 습관이 되어버린 기다림
순록 가죽 의자에 앉아 따뜻한 수프를 마시며
치명적인 유혹, 오로라의 아름다움과 만나고 싶다

오늘 밤엔 잠 못 드는 그대 불러내어 함께
시베리안 허스키가 끄는 썰매를 타고 달려
유럽의 마지막 황무지
먼, 먼 신비의 그곳에 가고 싶다
차마 범접하지 못할 동화 같은 그곳에

어느 시인의 슬픈 이야기

어느 시인이 갑자기
한쪽 귀가 먹어 버렸다
'돌발성 난청' 이라나

앉으나 서나 누우나
글을 읽으나 길을 걸어도
하루 24시간 귀에는
'쐐에' 하는 쐐 바람소리

극심한 스트레스가 원인이라고
상당기간 동안
어쩌면 목숨 다 할 때까지
그런 상태일 거라고

이른 아침 새소리도
계곡의 물소리, 들판의 바람소리도
안개 낀 바다의 파도소리도
좋아하는 노랫소리도
제대로 들을 수도 느낄 수도 없다.

유령들이 사는 대궐
맞아주는 이도

전송하는 말 한마디도 없는
이방인과의 길고 긴 동거

걷다가 외롭게 걷다가 지칠 때
쉴 수 있는 가슴이 그립다
안타까운 사랑이라도
할 수 있었음 좋겠다

말과 마음

사랑하는 그대에게
감정을 표현하지 않았더라면
마음에 있는 생각을
생각에 있는 마음을
말로 하지 않았더라면
말은 훨씬 더 부드러웠을까
마음은 훨씬 더 아름다웠을까

애기하지 않으면
마음에 있는 생각이
생각에 있는 마음이
그대를 미워할 것 같아
나 그대를 사랑한다고
말할 수 없을 것 같아
그대에게 애기했습니다

어긋난 감정을 상처를 짓누릅니다
그대에게 그런 말도 할 줄 안다는 것이
그렇게도 아팠을까만 그대를 용서합니다
그까짓 거 말뿐이었던 입술 위에
마음을 꺼내어 입맞춤합니다
그대를 사랑합니다

별이 쏟아지는 테를지의 밤에

구름이 아련히 떠있는 해맑은 하늘
기괴하고 장엄한 바위 산맥 아래

토르 강 언저리로 펼쳐진 광활한 초원
덜컹거리는 길을 달려온 게르(Ger) 촌락

검붉은 모습의 원시인이 발버둥치는 늙은 양(羊)을 뉘여
누르고
날카로운 칼을 심장에 꽂는다
능숙한 손 솜씨로 순한 양의 껍질을 마구 벗긴다

아, 말을 타고 천하를 제패했다는 칭기스칸의 후예들
조금은 불편한 내음이 나는 원형천막집에서
방금 조리하여 신선하다는 양고기와 요구르트와 치즈를
맛본다
제주도 말보다 조금 큰 조롱 말을 탄다

몽골리안과 비슷한 형상의 코리안이
딴 세상에서 온 사람인 양
이것저것 물으며 허세마저 부린다
울란바토르 시내에는 건물공사들로 요란하고
광물을 탐하는 빛깔 다른 눈들이 번득이지만

거대한 테를지(TERELJ) 공원의 서늘한 여름밤은
안개꽃 바다 같은 별 무리가 어깨 위로 쏟아지는 신비와
탄식

괜히 왔다가는 피곤한 길손인가
잠시 소풍왔다 돌아가는 아름다운 길인가

떠난 듯한 그대에게

그대에게 마지막 메시지를 보내고
사흘이 채 안 되어 후회하는 나

불뚝 성질이 자초한 것이지만
세상을 다 잃은 듯 불행한 가슴
스스로 파놓은 무덤 속에서
정신적 공황과 끝없는 초조감
오늘도 그대 그리움에 목이 마른다

그대를 잃어버릴지도 모른다는 안타까움
가슴 통증 같은 불안감
그대 마음 풀릴 때까지
오래오래 기다리겠습니다

별과 별 사이처럼 가까운듯하지만
멀게 느껴지는 그대
편안히 행복하게 잠들어요

하늘에 뜬 모든 별들아
오늘도 그대에게 밤 인사를

제 2 부

세월이 가면

진줏빛 광채

그대를 처음 만나
습관처럼 악수를 하던
그날,
그 작은 우연이
그대와 내가
안고 가야 할
피할 수 없는 운명이란 걸
알게 되었을 때
그대 멀리 있어
더욱 커져가는 그리움
닿을 수 없어 더욱 간절한데
어디에선가 반드시
멈추어야 할 것 같은 예감에
그대 저린 가슴처럼 나도 앓아
일어날 기력도 없이 홀로 누워
그대 목소리라도 들어야
환하게 채워질 듯한 날
드물게 주어지는
진줏빛 광채를 지닌 그 순간에는
그대를 오래오래 알고 싶다

세월이 가면

주민등록증을 보이고 처음 지하철 표를
받은 손이 떨리고
문득 서글픈 생각이 들었다던 목소리 듣던 날
기억 속의 그대는 아직 솜털 보송한 복숭앗빛
발그레 상기된 얼굴인데
첫눈을 기다리던 설렘의 날들이
아직도 생생한데
맨드라미 새까만 씨앗 같은 눈빛으로
웃으며 내게 말했었는데

그리운 것들은 이제 아득한 이름이 되었구나
무엇이 어느새
이렇듯 서럽게 헝클어 놓았나
마땅히 부려놓을 곳 없어 조바심하던 마음도
가슴에 깊이 담아둔 채 빗장을 채우고
언젠가 놓아버린 사랑도
깎이고 둥그러진 모양으로 모두 기억되리라
그렇게 또 세월이 가면

Delete 키를 누르며

이제는 돌아서야 할 때
버리고 싶지 않은 순간마저도
지워버려야 할 때

한순간이었다
너의 흡인력은 너무도 강해
기쁨도 상처도
흔적 하나 남기지 않았다

그동안의 저장된 기억
여전히 가슴 속에 기억되리라
비로소 허무를 양각(陽刻)하리라

Delete 키를 누르며…

열정

아! 태우고 싶다
그대 가슴속 깊은 곳에
숨겨져 있는 모든 불씨를 건져
창창한 파란 불꽃을 사르며

나, 태우고 싶다
험난한 산과 강을 건너
세월을 타고 잘 다듬어진
그대의 따스하고 포근한
육신에 깊이 파묻히며

아! 태우고 싶다
환희의 순간을
준비하고 기다리는
오만하고 사랑스러운 그대의 모든 것

나, 하나 남김 없이 모두 태우고 싶다

꿈엔 듯 다녀 간 그대

백목련 시샘으로
창이 하얗게 물들던 날
내 단잠을 깨우고
마음 문을 열고
꽃물 머금은 바람처럼
그대 다녀갔나요

꿈엔 듯 그대를 안고
나직이 속삭이던 봄의 찬가
다정한 입맞춤에
채 타오르기도 전에
'안녕' 이라며 뒷모습 보이고
홀연히 사라져 버린 그대

또다시
봄이 찾아오고
하얀 웃음으로
내 곁에 온다면
내 마음 또다시
빈틈을 보일지도 몰라

송이 산장집의 저녁

어서 먹어라
저녁상 위에 몇 쪽 남지 않은
송이버섯이 아까워
굽은 손으로 얼른 집어 주신다
엄마! 나의 첫사랑 엄마!
아직도 나를 천진한 아이로
만들 수 있는 나의 어머니

화려하지도 진한 향기도 갖지 않은
예쁜 동백꽃 같은 어머니의 모습
구순이 넘어도 아름답습니다

진정한 나의 공범자
나와의 말 없는 비밀은 언제나 고이 접어
당신의 가슴속에 깊이 묻어 두고
늘 미소로 속삭이는

어머니! 당신은 언제나처럼
나를 젖 냄새나는 요람의
포근함으로 행복하게 합니다

나의 첫사랑 어머니!

정녕 첫사랑은 영원할 수가 없는 건가요?

빈집

외딴 골목 끝 인기척 없는 집
언제부터인가 아이들 웃음소리 담장 넘는 일 없더니
널따란 스티로폼 상자 안에
깨진 플라스틱 화분에
상추며 고추 모종 키워내던 흙이 딱딱하게 굳어 있다
지금은 아무도 살지 않는 그곳에는
어쩔 수 없이 체념하고
받아들이며 살아가던 눈물겨운 삶
다시는 재현될 수 없는 풍경들
빈집엔 잡초만 무성하고 감나무 이파리만 홀로 생기 있다

언젠가 쓸모 있을까 널브러진 타이어 하나
슬레이트 몇 장과 함께
도무지 어울리지 않는 낡은 기타는
집 없는 고양이들의 장난감이 되었다
쓰레기봉투며 박카스 병 실어 나를 때
관절로 고생하던 노인의 든든한 버팀목이 되어 주던
고장 난 빛바랜 유모차도
불안정한 바퀴가 오늘따라 유난히 쓸쓸해 보인다
가끔 볕 살만 푸짐하게 툇마루에서 졸린 눈 비비곤 하더
니
오늘은 무심한 바람만이 잠시 다녀갈 뿐이다

그대 생각

그대 생각 깊어지는
잠 오지 않는 밤이 찾아오면

그리운 마음은 어느새 날개를 달고
그대 곁으로 갑니다

그대 마주하고 있으면
가슴 뛰는 숨소리마저 느껴오던

그 순간이 생각나고 온몸이
안타까움으로 떨립니다

목마른 기다림은 참아 낼 수 있어도
영영 그대를 잊을 수는 없습니다

그대여 오늘은
서로 바라보고 느끼는
그런 시간을 나누고 싶습니다

그대를 만나면 감추어둔 마음마저
보여 줄 것입니다.
오래 머물 수 없는 바람처럼

한 순간 다가왔던 눈부심이 아니기를
그대여!

김치가 없으니

배추 한 포기에 만원이 넘는다는
텔레비전 뉴스가 나오더니
식당에서 김치가 슬그머니 사라지고
빈자리를 깍두기와 열무김치가 대신한다

손톱에 피멍 생기도록 거름 주며
알뜰살뜰 보살피던 농부의 그 마음 어디 가고
사람 몸값도 나오지 않는다며
트랙터로 배추밭 갈아엎던 날이
눈물 어린 발길질에 그만
구덩이로 배추 굴러떨어지던 날이 있었던가

김치만 있으면 라면 한 그릇도
최고의 식사로 여겨졌는데
대낮에도 배추도둑을 지켜야 한다니
밥 한 그릇을 다 비웠음에도 허기를 느낀다

백일홍

가을이 오려는 날
마당 넓은 카페에 앉아
방금 걸러낸 원두커피를 마신다

앞산에는
미완의 가을이 앉아있고
잔디 무성한 정원에
백일홍 한 그루가
눈가를 서성인다

슬픈 사랑의 전설을 안고 피어난 너는
사랑하는 사람을 기다리다 죽었다지
살아온 줄 모르고 너는 그만 죽은 거라지

코스모스 무리지어 핀
카페로 오는 길목에는
고개 내민 벼 이삭이 샛노랗게 익어가고 있다

빨간 저 꽃에 서리가 내릴 때면
숱한 사연이 전설되어 묻히고
사랑이 잊혀지듯 꽃도 지리라

제주의 바람

두렵고 외롭고 낯선 길도
한없는 바닷길을 따라
오름을 오르내리며 이어지는 정겨운 만남이다

오늘은
노을이 마중 나올 무렵에
길을 나서 제주의 속살을 느끼고 싶다

걷다가 오름에서 잠시 숨을 고르면
제주의 바람은 늘 곁에서 맴돈다
지친 내 몸을 휘휘 감으며 산책길 친구가 되어 준다

가슴엔 제주의 소랏빛 추억으로
오롯이 채워진 그때 그 바람이 분다
제주의 바람 소리가 들린다

제주의 바람은
늘 마음 한구석에 자리 잡고 있다가
무거운 머리를 가볍게 한다

마음을 비우고
욕심을 비우고

도시의 시름을 잊게 하는 묘약이다

상 처

그대여
가슴의 상처를 아파하지 말아요
그 아픈 어둠이 끝나면
어릴 적 동네 뒷동산에서 보았던
이슬 품은 뽀얀 아침 햇살이
당신을 기다릴 테니까요

그대여
당신의 상처를 무서워하지 말아요
그 두려움 뒤에는
당신을 끌어안아 줄
모차르트의 클라리넷 협주곡 같은
감미로운 선율이 들려올 테니까요

그대여
당신의 상처 자국을 걱정하지 말아요
상처가 크면 클수록 아문 후에
아기의 피부 같은 예쁜 새 살이
아무렇지 않게 돋아나올 테니까요

그대여
당신의 모든 상처받음을

한탄하지 말아요
상처받음이 길면 길수록
건너간 다리에서 보는 강은
깊고 멋진 벅참이니까요

그대여
당신의 그 모든 상처 때문에
슬퍼하지 말아요
긴 밤 지낸 후
커튼을 젖히면
밤새 소복이 내린 눈이
온 세상을 하얗게 만들어 놓고
당신을 맞을 테니까요

죽도록 사랑한다고는 말하지
말아주십시오

그런 눈으로 너무나 사랑스러운 눈으로
나를 보지 말아요
그대의 쉬운 사랑이 난 두렵습니다

사랑받음에 사랑함에
그토록 가슴 저리며 행복해했던 나
너무나 쉽게 사랑이라 믿으며
모든 것 바쳐 사랑했습니다

내게 다가올 때처럼
내게서 멀어지는 그대를
나는 그저 바라볼 수밖에 없었습니다
그대가 내게 준 공백에 점차 지쳐가고
그것이 그리움이 되고 기다림이 되고 목마름이 되고
맑은 하늘이 슬퍼 보였습니다

또 그렇게 쉽게 떠나 버릴까 봐
쉽게 사랑이라 말하고
너무나 쉽게 이별이라고 말할까 봐
여위어진 가슴이 두근거립니다

내게 주어진 몫만큼만

사랑받고 행복해 하겠습니다
부디 내게
죽도록 사랑한다고는 말하지 말아 주십시오

그대를 잊으려 하면

그대를 잊으려 하면
슬펐던 기억보다
행복했던 기억들이 먼저 떠오릅니다

그대가 나를 보며 눈을 즐겁게 했던 일
내 귀를 행복하게 했던 말들이
한여름 태양처럼 눈부시게 다가옵니다

그대를 잊을 것 같다가도
마음은 다시 처음으로 되돌아갑니다

그대가 주었던 슬픔과 괴로움은
어디로 가버린 걸까요
그대가 나에게 주었던 상처 때문에
다시는 그대를 볼 수 없을 것 같았습니다

영화관에 앉아 시나리오에 빠지고
화려한 네온사인에 눈길을 주면서도
투명하게 밝아오는 새벽에서는
나 그대를 생각하고 있습니다
그대를 아직도 사랑하고 있습니다

나무야 오늘도 함께 행복하자

살며시 침실로 들어오는
아침 햇살에
눈 감은 채 들어보는
가슴속 속삭임

지난밤의 야릇한 꿈에서
뒤늦게 깨어나
막이 새로 열리는 오늘 하루
어떻게 시작할까

이루어질지도 모르는
행복한 상상으로
하루를 시작해 보라는
멀리 있는 그대의 미소를
머리맡에 띄운다

임의 미소 속에
내 가슴은 따뜻함이 솟아나고
창문 열어 아침 햇살 깊이 들어마시고
테라스의 꽃나무에
후우욱 후우욱 내 숨결 불어넣으며
사랑의 샘물을 뿌린다

나무야 오늘 하루도
우리 함께 행복하게 지내자
오늘은 오늘뿐이란다

제 3 부

간이역

새벽에 온 메시지

해님도 아직은 잠든 시간인데
핸드폰에 문자 메시지 하나
어느 별에서 온 반가운 소식인가

얼른 알리고 싶어도
그대의 아침은 너무나 멀어
그래도 마음이 성큼 다가가서
오늘의 첫 안부를 묻는다

부드럽고 다정하게 말하지 않아도
가슴으로 믿게 하는 그대
또 하루를 기다림 속에 살게 하네

청보리밭

햇살 고루 부서지는 싱그러운 아침
가난한 겨울잠에서 이제 막 깨어나
연초록 바다처럼 너울거리는 춤사위에
하늘에 뜬 구름도 기분 좋은 날

배고픈 푸념조차 서툴었던 아이들이
장난삼아 보리밭 뭉개던 시절에도
아무리 짓밟혀도 기어코 일어서서
누렇게 보리이삭 키워내던 장한 모습

겨우내 웅크리던 시린 정념(情念)
이제는 먼 옛날의 아픈 기억으로만 남은
어두운 사연 모두 잊어버리고
이제는 살만한 세상이라고

춘광(春光)에 청보리 넘실대는 풍요로움에
아이들 환호처럼 향긋한 풀 냄새
그리움 흔들어 깨우는 보리밭 이랑에서
풍년들기를 소망하는 하루는 짧기만 하다

삼나무가 있는 길

북해도 하늘 아래 저무는 산자락
길고 긴 고행, 숱한 사연 감추고
도로를 따라 촘촘히 채워진 삼나무 길
낯선 이방인에게도 상념으로 이어지는 삶의 무게
삼나무 가지에 매달린 온갖 무성한 이야기
쓸쓸한 뒷맛이 개운치 않아도
침묵은 그대의 아주 오래된 습관
지난겨울 폭설도 용케 견뎌낸 기쁨이여
반듯한 나무들 맑고 푸른 기쁨으로 하늘 향해 뻗어
나무와 나무 사이 푸른 하늘 언뜻 스며들면
우리 서로 다정히 바라보아요
짧은 꿈 꾸듯이 빠르게 지나버리는 삶의 언덕에서
그리움 너무 깊어 지쳐갈 때
나 홀로 삼나무길 걷고 싶습니다

한여름 저녁에 내리는 비

후덥지근하던 한여름 오후가 덮이고
바람이 일고 저녁 비가 쏟아진다
뜨거운 대지를 적신다
메마른 군중들 머리 위에서도

처마 밑 풍경소리 들으며
감자를 강판에 갈아 지글지글 부치고
호박나물 열무김치 고추볶음 된장국에
보리밥 먹고 싶다
행복한 기억만을 떠올리면서

사랑을 먹지 못해 비어 있는 마음
피곤하고 서러운 사연들은 씻어 버리고
시원한 저녁 비를 즐긴다
어둠과 비는 외로움의 친구인가

비가 되고 싶다
한여름 저녁의 시원한 빗줄기가
비는 아름다움이고 기쁨이고 떨림이다
가슴에 싱그러운 내음이 배어든다

간이역

시간은 빠르게 지나간다
전설 속으로 사라지듯
추억만 남기고
얼마나 눈부셨나
어제의 푸른 약속들 모두 사라지고
손 흔들어줄 누군가도
어느 날 홀연히 사라져 버릴지 모르는 간이역
그리고 기억 속에서 희미해진다 해도
우리들 가슴에 남아 가끔씩
그리움을 불러내고
환희를 불러내고
쓸쓸함을 견뎌내며
끝내는 기다림의 끈을 부여잡고 있다

안개2

산뜻하게 아침을 맞고 싶은 날인데

하늘 땅 가려지지 않아
한 치 앞 보이지 않는 절망을 본다

찬연한 눈부심을 기다리는
짧은, 그 고요의 순간에

내 쉬어감이 그대 곁이면 좋겠다
아무도 볼 수 없게 찾을 수 없게

무작정 여행을 떠나고 싶다

길지 않게 남아 있는 이승의 삶
다람쥐 쳇바퀴 도는 권태로운 일상에서 벗어나
무작정 여행을 떠나고 싶다

한두 달쯤이라도
공항을 떠나
돌아오는 낯선 에어포트의 티켓에
조그만 가방 하나 들고서
기분 맞는 사람 한 사람과 함께

일정도 없이
속옷 몇 장만 가지고
대화를 나누고 정을 느낄 수 있는
포근한 곳을 찾아서

도착하면 싸구려 옷가지 사 입고
와글거리는 장터에서 맛대로 먹어보고
여인숙이나 모텔이나 절간에서 잠자고

짐이 생기면 고향으로 부치고
다시 빈손으로 떠나는
그런

편안하고 단출한 여행을

포도주 빛 그대

그대를 한 때
붉은 유리잔 속에 가두어 두었습니다
그대 곁을 떠나려 했던 것은
행여라도 그대의 포로가 되기 싫었기 때문입니다

질기고 매운 여름을 견디고 자라
열정에 얽매이지 않으리라 다짐했지만
포도는 이미 유리잔을 물들이고 있습니다

그 빛이 너무 강렬하여
태연히 날아온 그대를 알아보지 못했지만
이미 나는 눈이 멀어 있었습니다

나무의 뿌리는 가지를 놓아주지 않고
거듭나기 어려운 말들만 우리는 하고 있습니다

그대 마음만 알았더라면
말은 몰랐더라면 얼마나 좋았을까요

이제 유리잔 속에서 그대를 꺼내고
뜨거운 불길로 덮쳐오기 전
빨리 눈을 감습니다

가슴 깊은 곳에서 천둥이 치고
포도주 빛 붉은 그대는 강물로 흐릅니다

후회해도 소용없는
그것은
그대를 사랑하는 연습이었습니다

봄 하늘을 보면

햇살 쏟아지는 향기로운 날

마른 나뭇가지 끝에
벌써 봄이 걸려 있네요

슬프고 힘든 일 있어도
하늘을 올려다 보아요

사무치고 괴로운 일 있어도
여유롭게 웃어 보아요

하던 일 멈추고
하늘을 보고 숲을 보면

그대 마음도
봄바람처럼 가벼워 질 거예요

온 세상을 가득 채우려는 봄
그대 마음속에
봄을 담아 보아요

그대는 지금

따뜻한 봄입니다

따뜻한 동행을 위한 기도

행복한 시간 후의 귀로에는
두 마음이 겹칩니다
그대 모습 가득 차 설레는 흐뭇함
그 뒤에 도사린 짙은 그림자

얼떨결 긴장 속 시작이었지만
세월과 함께 찾아 온 편안함
깊은 서운함에 이별을 외치곤 했지만
거역할 수 없이 밀려오는 거대한 파도

지난 세월 가슴 조이며 안타까워하며
숱한 다짐을 진한 눈물을 뿌렸어도
이토록 그대 향한 그리움은
돌이킬 수 없는 운명인가요

이제야 알았습니다
모든 사연들이 다시는 오지 않을
소중한 추억인 것을
아무것도 바라지 않습니다
나에게 그리운 이가 있다는 것만으로도
나는 행복합니다
그대의 뼛속 깊은 고독

하산(下山) 길 고뇌의 모습과 빛깔에
저려오는 가슴
멀리 있어도 언제나 내 가슴 가장 조용한 곳에
깊숙이 앉아 있는 그대
그대를 찬미하고 싶습니다
그대를 기쁘게 해드리고 싶습니다

사랑하기에도 많지 않은 시간들을
가까운 이들이 상처 받지 않고
정말 용케도 오래오래 체온을 나누며
친구로 연인으로 서로 위안이 되는
따뜻한 동행이 되기를 바랍니다

고로쇠 나무

긴 긴 혹한기를 견디며
홀로 봄을 준비하던 어느 날

사람들은
전기 드릴로
밑치에 구멍을 내더니
족쇄를 채워버렸다
한 방울도 헛되이 흘려버리면 안 된다며
몸속 깊숙이 플라스틱 호스를 박아놓으니
온몸이 아프다

햇살 눈 부신 오후
한없이 느리지만
거침없는 여정
꾹꾹 참았던 눈물
한 방울 남김 없이 속 시원히 흘려버리고
가슴까지 오래 메말라 버릴지 모르는 그대여

어머니 젖내 같아라
달짝지근한 그 맛

불 꽃

겨울밤이면 아련히 그리워지는 기억 하나
저녁 무렵 어김없이 굴뚝에서 연기가 피어오르면
아궁이에서 타닥타닥 정적을 깨는 소리가 들린다
질화로에 잉걸불을 담아 재로 덮어도
죽음의 자리에서 거듭 태어나는 뜨거운 영혼
오랫동안 발갛게 살아 있던 불꽃

추억처럼 연기가 피어오르면
언 솔가지 타는 냄새 그리움을 불러내어
마음을 더욱 애틋하게 한다
이글거리던 그대의 눈빛, 그대의 육신도
못다 탄 희나리쯤으로 여겨야 하리
젊은 날의 격정도 그렇게 다스려가야 하리라

여름을 보내며

지구촌 곳곳에서 폭염에 시달리던 많은 날들
어딘가에서는 가뭄에 목말라 질식하게 하고
유난히 많은 습기를 머금고 있던 따뜻했던 공기는
빗방울이라는 이름으로 '기상 이변 쇼'를 보여 주더니
드디어는 공포로 변하고 말았다

장맛비 멈춘 숲에는 채 영글지 못하고 떨어져
누군가의 발길에 차여 뭉개진 상처뿐인 열매가 뒹굴고
이윽고 날이 어두워지자 고달픈 바람결에도
옥수수는 제 키를 키우느라
밤이 깊어가도 홀로 잠들지 못한다

어제의 뜨거웠던 몸 추스르며
무표정한 얼굴로
내일, 혹은
먼 후일을 기약하며 떠나려는가
그대 여름이여 안녕

달팽이 집

딱딱한 등 껍데기
포근한 집을 나서

흐르는 물
바위를 친구 삼아
세상 밖으로
구경나왔네

따스한 햇살 아래
이슬 맺힌 풀잎 위를 산책하다가
장난꾸러기 아이들 만나
깜짝 큰일 날 뻔

세상살이 서럽고 지칠 때
바람막이 되어주던
무거운 등 껍데기 속
내 집이 그리워라

새벽 산길

새벽
산길을 간다

아카시아 흰 꽃잎을 밟으며
갈채하는 군중 사이로
승리의 용사처럼

행복의 토막들을 모은
노랑과 갈색의 융단 위로
낙엽소리가
다정하다

이제
앙상한 가지
초라해진 길
누더기 된 잎새들이
바람에 흩날린다

오늘도
날이 밝기를 기다려
산에 오른다
솟아오르는 생기가 없어도

코끝, 귀 끝이 시려 와도
이슬과 서리, 바람과 싸락눈이 있는
새벽 산길은
좋기만 하다

제 4 부

어머니의 밥상

어머니의 밥상

어머니는 오늘도
마음 간절한 바람이 있다
따뜻한 밥과 아들이 좋아하는 군고구마에
잘 익은 김치와
노릇노릇 간 갈치를 구워 밥상을 차려주는 꿈을 꾸신다
정성껏 차려준 음식을 맛있게 먹어주는
아들의 모습이 보고 싶어서
날마다 그 짧은 순간을 기다리신다

외롭고 지치고 힘들 때마다
어머니의 살가운 눈빛, 평화로운 미소
아들 향한 불변의 사랑을 기억하는 일은 큰 행복이다
오늘도 난 어머니의 사랑이
정겨운 밥상이 그리워
고향 가는 기차를 타련다

마늘밭

겨우내 그렇게 오래 잊힌 채로
어두운 땅속에서 웅크렸던 기다림의 끝
시리고 눈물겨운 여정 모두 지나고
혼미한 겨울잠에서 깨어날 시간
무거운 틈새를 비집고 나오려니 온몸이 아프다

몇 번이나 혼절할 것 같던 힘겨웠던 시간 견디고
앞 다투어 옹알이하듯 새 생명으로
삐죽삐죽 푸르게 돋아나는 이파리들
어느 누구도 만만치가 않다

조금 더 자랐다고 으스대지 않고
아침 햇살도 사이좋게 받고
끼리끼리 잘 어울리니
싱싱하게 푸르다 그 빛깔

제주 용두암(龍頭岩)에서

우루루우루루 철썩철썩
제주 용두암에 파도가
쉼 없이 부딪힌다

신령님의 구슬을 훔쳐 달아나는 용
화살로 용을 쏘아 바닷가에 떨어뜨린
화가 난 신령님
몸은 물에 잠기고 머리는 굳어서
검은 바위가 되어버렸다

우루루우루루 철썩철썩
용머리에 부서지는
하얀 거품과 물기둥

훔친 게 아니라고 달아나려 한 게 아니라고
억울하다고 벌이 지나치다고
하소연하는 용의 울부짖음인가

아직도 거짓과 탐욕에서 벗어나지 못하는 중생들에게
교훈을 주려는 신령님의 꾸짖음인가

우루루우루루 철석철석

용두암에 흰 거품이 인다
용두암이 승천(昇天)하겠다고 몸부림친다
신령님이 욕심내지 말라고 채찍질한다

장맛비는 내리고

창가에 한껏 몸을 기대고 있던 빗방울들이
비릿한 냄새를 몰고 함께 쳐들어왔다
빗방울들은 오래 기다려 왔다는 듯이
세차게 내리다가 지치면
가로등 불빛 아래에서는 가늘게
부서지기도 하더니
밤이 깊어갈수록 가속도가 붙어 곤두박질친다

다음 날 아침
말끔히 씻겨나간 보도블록이, 가로등이
콧노래를 부른다
건조한 삶을 살던 나에게는 차라리
구원이다
축복이다
오늘 이 장맛비는

회 상

찬바람이 부는 거리
문득 길을 걷다가
마네킹이 놓인 쇼 윈도우 앞에
발걸음을 멈춥니다

그곳엔
세상에 하나뿐인 내가 서 있고
당신이 서 있기 때문입니다
세상에 단 하나밖에 없는
사랑도 그곳에 있었지요

내가 사랑하는 만큼
당신은 나를 사랑하지 않아도 좋습니다
아침에 일어나면
당신이 떠오르고
당신이 좋아하는 무언가를 해야 하고

당신을 보기 위해
하늘도 쳐다보고
바다를 달려도 보고
당신은 잊어도 당신을 사랑했으면 좋겠습니다
내가 사랑하는 만큼

당신은 나를 사랑하지 않아도 좋습니다
간혹 당신 생각에
벌에 쏘인 듯 통증이 부풀어 오르지만
생각하고 기억하겠습니다

당신과 가고 싶은 곳
당신과 먹고 싶은 것
당신과 하고 싶은 일들을
그 기억 속에 저장시켜 두겠습니다.

은빛 날개 같았던 당신은
지금 어디에 계십니까
나는 여전히 그 자리에 서성이고 있습니다
당신과 만나는 날
다시 사랑할 준비를 하겠습니다

산다는 것은

이 세상에 아무것도 거저 얻은 것은 아니라고
곁에 아무도 없이 혼자라는 생각이 들 때
깊은 그늘이 드리워져 지치게 하는 날에는
감추었던 서운한 마음이 고개를 든다
위태롭게 유지되는 평화, 저 무표정은 무엇인가

어둠 속에서 돌이킬 수 없이 길을 잃었을 때
체념에 익숙해지던 두려운 시간 속에서
지울 수 없는 욕망으로
헛되이 그대를 기다리며
아직도 하염없이 외로운 나

진종일 앉아서 누군가 불러주기를 기다리며
지친 마음일 때, 그 오랜 침묵의 시간에
그대를 생각할 때
어디선가 들려오는 정겨운 기척 하나
그대의 발걸음 소리

아주 오래전에 잊혀진 줄로만 알았던
옛 추억의 길을 회상하면서
그대에게 이야기해 줄 수 있는 시간은 기쁨이 넘치네
오늘은 운명의 신이 그대를 안겨 줄까

가끔은 새벽안개 속의 산책길을
그대와 손잡고 걷고 싶다
크림치즈 베이글에 카푸치노 한 잔이 주는 행복을
그대와 나누고 싶다
그런 삶이 있다는 걸 느끼고 싶다

경춘선

2010년 12월 20일 밤 10시
청량리역을 떠난 밤 기차가 쓸쓸히
강을 따라 산모롱이 굽이돌아 기적소리 울리며
영영 역사 속으로 사라지던 날

사연 많은 청춘의 순간들도
수줍게 내외하던 때 묻지 않은 순수도
영원으로 떠나갔다

주머니 사정이 넉넉지 않던 젊은 날
설렘으로 기다리던 역전 대합실의
추억 속 연인마저 함께
기억 속에서 잊혀져가던 날

내 젊은 날의 찬란했던 순간과도
작별을 하던 그 마지막 순간이여

보스턴의 가을밤

보스턴 가을밤은 깊어가고
낙엽 지는 찰스 강 변의 바닷새와 오리떼와 헤어져
은빛 물결 내려다보이는 방으로 돌아와
삶과 죽음 그리고 사랑과 그대 생각에 잠기오

욕심과 미련 다 버리면
늘 자유롭고 마음이 평화로워진다던
죽음은 아직 생각하지 말라던,

그대를 가슴속에 간직한 것이 늘 자랑스럽고
행복하다던,

갈대가 아름다운 건 바람이 있어서이고
추억이 아름다운 건 사람 간에 정이 있기 때문이라던,

서울의 맑은 가을 하늘이 시리고 저릴 정도라고
그래서 그대에게 보여주고 싶다던,

임이 떠난 뒤 스산한 가을비 맞은
병아리 같다던,

문턱까지만 가을을 맞이해야겠다고

더 허락하면 그대 마음 마구 흔들어
그대를 삼키려 할까 두렵다던,

임 생각에 가슴 벅찰 때면
넘쳐흐르는 집착을 버려야 한다는 걸 알기에
우울해지곤 한다던 그대

긴 여정 긴 그리움
설악산 단풍 지기 전에 돌아가야 할 텐데

떠나간 자리

그대가 떠나간 자리
덩그러니 빈 몸은
겨울바람으로 얼어 붙습니다

차디찬 그 자리엔 어느새
절절함이 겹겹이 쌓이고
잃어버린 시간은 고통으로 남습니다

갈증으로 얼룩진 그리움은
혹독한 칼날로 가슴을 후벼 냅니다
내가 감당해야 하는 몫만큼

그대 사랑한 만큼 처절한 이 계절에
잊혀질까 두려움으로 시린 영혼 부여잡고
회한의 시간을 맴돌고 있습니다

이제 그 아픔의 시간을 잊으려 합니다
그리고 그 고통의 추억도 잊으려 합니다

그대여, 부디
지난날 못다 한 인연
먼 훗날이라도 만날 수 있기를

부디, 그대여

만 추(晚秋)

그대 또 떠나는구나
황갈색 교향곡을 펼치던
화려한 단풍들이 흩날리기 시작하면
마음 깊은 곳에서는 아픔이 스며든다

나는 알지
이제는 헤어질 시간인 것을
저토록 아름다우니
늘 그랬듯이

그대는 여름 지나
내 마음 깊이 들어오면
추억을 머금은 젖은 낙엽들
수북이 남기고 벌써 저만치 가 있다

이 가을에도 나는
그대의 뒷모습을 보며
그대를 보내는 아픔으로
고개를 들어
차갑게 펼쳐지는 하늘을 향해
흐를 것 같은 눈물을 삼키고 있다

어머니의 봄

어머니의 마음까지도 눈 속에 갇혀 지내던 모진 겨울
얼어 붙었던 시간 견디고 그렇게 기다리던
민들레 토끼풀 개나리 매화에, 진달래 목련 벚꽃 철쭉이
사방천지에 꽃 손님 한꺼번에 오고 있는데
하필이면 이 좋은 봄날에 병원에 계시는 어머니
높은 연세에도 힘든 큰 수술도
씩씩하게 이겨내셨다

서울과 대구를 오가는 하루는 더욱 바빠지고
어머니와 함께하는 시간 많아져 좋기도 하지만
힘든 내색하지 않으시는 모습에 무너져 내리는 가슴
이 봄 다 가기 전에 거뜬히 병원문 나서서
아들 손잡으시고 꽃구경 숲 구경 하실 수 있을까
오늘따라 온갖 치장한 꽃들이 유혹하는 봄날
나도 두 눈 꼭 감고 모른 체하리라

외로운 가을밤에

그대여!
밤하늘 뿌려진
수많은 별들은
타오르는 사랑 때문에
저리도 반짝이나 보오

그대여
이 가을에는
저 별들을
내 마음에 담아
그대에게 한껏
쏟아붓고 싶다오

부어도 부어도 다시
차오를 수 있는
사랑의 별들을

그대여
아직도 나는
별이 뜨는 밤마다
그대를 만나려고
만삭이 된 마음을 안고

오, 그대여!
이 가을엔
누구라도 그대가 될 수 없는
오직 그대를 찾으며
나는 아프고 있다오

장례식

언젠가 종말이 오고 고단했던 내 영혼이
육신을 떠나는 날
그대는 내 영전에
국화꽃 한 송이 바치며
무거운 표정으로 묵념을 하겠지

마지막 가는 길
꼭 찾아와 배웅해 주리라 믿었던 친구가
보이지 않아 서운하겠지만
멀리서 달려온 예기치 않은 사람들 있어
조금은 놀라기도 하겠지

사진을 바라보는 그대 젖은 눈동자
애타는 아쉬움에 차 있고
세상 어디에서도 다시는 만날 수 없다는 절망으로
나직이 부르며 흐느껴 우는 그대 그리움이
이승을 떠나는 옷자락을 붙잡을 수 있을까

마침내
불이 되고 재가 되고 흙이 되어
자연으로 돌아갈 몸뚱이지만
지친 영혼만은 자유롭고 평화로운 하늘여행을

마음껏 할 수 있었으면 좋겠다

감포 앞바다의 아침

청각내음 파래내음 멍게내음
소금기 먹은 깊은 바다 냄새가 난다.

바위섬 등대에 빨간 파란 불빛 반짝이다가
밤하늘에 빛나던 별빛 스러지고

어느샌가 동녘엔 불그스레
먼동이 터오르고
잔잔한 물결의 평화로운 아침

단아한 흰 푸른색 바다
수평선 위로는 보기 좋게 뜬 구름
벌써 가두리 양식장으로 가는 고깃배가 통통통

해변에는 밤낚시꾼의 중얼대는 소리도 그치고
돌섬바위 낚시를 떠나는
고무보트 속 옹기종기 사람들

아 아 숨이 막히는구나
이 아름다운 동해의 마르베이야(MARBELLA)
감포 앞 바다
그대와 함께

나는
말을 타고 달리고 싶다
한없이

바다가 있는 그곳

파도가 소리 없이 해안으로 밀려들고
배들이 천천히 바닷물을 가르며 들어오는 아침이면
항구는 부드럽게 잠에서 깨어나
서두르지 않고 활기를 찾는다

어떤 이들에겐 독한 술로 몸을 적시는
치열한 삶의 터전인데
누군가에겐 방파제를 오가며
잠시 머물다 떠나는 곳에서
갈매기 날개에 앉아 수평선을 향해
질주하는 꿈을
짙푸른 바다 위를 유영하는 꿈을 꾼다

창가에서 하염없이 하늘을 보다가
알 수 없는 허전함이 끝없이 밀려올 때면
이런저런 굴레로부터 훌쩍 벗어나
그곳에 가고 싶다
바다가 있는 그곳에

확 트인 가슴으로 야윈 볼을 다독여주고
무언가 해낼 수 있다는 결의를 다지게 되는
내 마음의 피안(彼岸) 의 바다

바다가 있는 그곳에

제 5 부
비밀의 정원

한강변의 가을 밤하늘

회청색 밤하늘에 조용히 웃고 있는 달
즐비한 건물에서 새어나오는 촘촘한 불빛들
한강다리의 오색조명과 반포대교 분수
고요하게 흘러가는 유람선
은은한 가로등 아래 숲과 산책길

갈색바람에 서걱서걱 하소연하는 억새풀
다시 외롭게 피어난 코스모스
반딧불 행렬처럼 이어지는 차량들
강변을 걷는 행복해 보이는 남녀들
아름답고 평화롭고 애잔하다

홀로 강변을 거닌다
두고 온 안타까움에
여름이 서럽다
유난히 반짝이는 별 하나가 손짓한다
바스락거리는 나뭇잎이 굴러온다

지겨운 외로움도 긴 고달픔도 묻고
한없이 깊은 평안에 잠자고 싶다
가을 밤하늘처럼
한강변의 가을 밤하늘은

나를 감사하게 한다
용서하게 한다
모든 것을 사랑하게 한다

겨울새

어느 마녀의 소행일까
온 밤 내 세상을 하얗게 덮은 눈밭에서
개구쟁이 아이들은
눈싸움한다고 깔깔거리던 날
사람들 머리 위로 빙빙 돌다
눈 깜짝할 사이에
아스라이 사라져버린
작은 새 한 마리
매서운 강추위 속
나무 사이 오가며
먹이를 찾는 일이
얼마나 고단했을까

꽃피던 봄날, 녹음 무성한 여름
따뜻한 온기가 그리운 작은 새야
지친 날개 잠시
소나무 가지 끝에 쉬어가렴

허수아비

모를 심고 김을 매고
땀 흘려 벼를 가꾸고 익혀간 긴 세월 동안
서로 기댈 아무도 없이 홀로 선
허수아비 너는
24시간 쉬지도 않은 채
떼 지어 몰려오는 잡새들을 향해
떨렁떨렁 소리 지르고 팔 흔들어대며
온몸으로 들판을 지키는 파수꾼이었지

땀 냄새 흠뻑 배인 뜨거운 여름 지나
드디어 들녘에 곡식이 익고
추수를 끝낼 때면
바싹 마른 몸, 남루한 옷 한 벌의
허수아비 너는
빈들을 혼자 지키다가
결국 뽑혀지고 버려지겠지

늦가을 저녁 들판에 서서
서산으로 지는 해를 보며
휑하니 비어 있는 들판을 보며
서글픈 가슴으로 너를 보낸다
허수아비 나를 보낸다

몽골 테를지 국립공원의 하루

민둥산에 구름 그림자마저도 한가로운 날
광활한 초원에서 길을 잃지 않으리라 다짐하며
오보(서낭당)에 돌멩이 하나 올려놓으니
거침없이 쏟아지는 햇살 아래 눈길 닿는 곳마다
살아 있는 모든 생명이 소중하게만 느껴진다

초원에 밤이 되고 손 내밀면 닿을 듯 찰랑거리는 별빛들
물병자리, 사자자리, 염소자리, 전갈자리, 처녀자리
그 많은 별자리 전설들을 다 기억하지 못한다 해도
그대 눈동자 닮은 가장 순결한 별빛 하나
오래오래 가슴에 품는다

어느새 서늘한 바람 불어와
모닥불도 사위어 가는 시간
태고의 소리가 들리는 듯한 밤
힘든 여정 함께 했었던 얼굴들이
밤하늘의 별 속에 하나둘 새겨진다

화해하고 용서하고
진실로 사랑하자고
다짐을 하는 순간
훨씬 넉넉하고 풍요로워진

나 자신과 만난다

어머니 만나러 가는 길

KTX 타고 고향 가는 길
잠자는 듯 쉬는 듯
나무들 사이 듬성듬성 눈 쌓인 겨울산과 들판을 지나
구순(九旬)을 넘긴 지 몇 해인
어머니 만나러 가는 길

언제, 어떤 모습으로 돌아가도
깨끗하게 단장하고 잔잔한 미소로 반기며
무거운 마음 걷히게 하시는 어머니

분홍빛 레이스 속옷 선물에
어린아이처럼 좋아하시던 모습
세월은 어느 틈에
한 여인의 두근거림을
그리움을 앗아간 것일까?
오랜 세월 버티어 오신 늙으신 몸으로
홀로 생(生)의 무게를 견디고 계신 어머니

입원중인 병실에서도
자식을 위한 기도로 하루를 보내시는
어머니의 소망은 늘 한 가지
오늘은 어머니와 아들 사이

어떤 환한 기억으로 도란도란
행복한 시간을 보낼 수 있을까

가을 안부

당신은 어디서 온 바람입니까

지난여름의 열기는 참으로 뜨거웠다
더위에 지쳐있던 처서(處暑) 막 지난 어느 날
이름 모를 풀 꽃 나무들이 묻는다

여름내 시달린 숲에
한결 가벼워진 바람 한 점
심신에 기운을 불어 넣자

나뭇가지 끝에 겨우 매달린 구름이
연푸른 눈물 뚝 뚝 떨어내 버릴 것 같은 하늘이
듬직한 숲의 가슴에 안겨 휴식을 취한다

당신은 어디서 온 바람입니까

공항의 이별

아직은
발길 돌리기가 너무나 아쉬운데
먼 길을 돌아 찾아가서
비롯된 인연
서로에게 익숙해지기엔
짧디짧은 시간

야자수 그늘에서
서툰 몸짓으로 맺었던 언약
꿈같은 시간을 보내고
돌아가야 하는
베트남 아내와
한국인 남편

절망의 끝일까
기다림의 연속일까
공항의 이별
그 눈물의 의미는

비밀의 정원

꿈길밖에 길이 없다던
어느 노래 말에

꿈길 끝에
그대와 만든
작은 정원 하나
오직 사랑으로
비밀의 정원 하나
만들었다네

그곳엔
붉다 못해 핏빛 나는 장미
밤에만 향기를 뿌리는
지중해 꽃 다투라
활같이 휘어진 줄기 따라 핀
하이얀 양란들

아름답고 탐스러운
꽃들로 채웠지만
어느 꽃 하나 내일을 약속하는
열매는 없다네
찰나의 행복한 아름다움

짧아서 더 값진 머무름
나는 이 밤도
꿈이 깨기 전에
꿈이 깨지기 전에
사뿐히 그대 있는 곳으로
또 꿈길 따라 간다네

가을숲

무성하고 짙푸른 여름날의 흔적 사라진 날
촉촉이 남아있던 물기마저 바람이 거두어 갔어도
나른한 햇살 머금은 숲은 한없이 착하기만 하다

앞만 보고 달리던 시간, 잠시 멈추고
게으른 바람 불러내어 함께
지난여름의 폭염도 씩씩하게 이겨 내고
단풍드는 숲에 온몸을 맡긴다

한때
더없이 사랑했던 사람을 잃어버린
연인들의 뒷모습처럼
가을의 끝을 생각하니
가슴이 서늘하다

어디로 가느냐 묻는 이 없는 계절의 끝자락에서
작별의
편지를 쓰는 나뭇잎도
저마다 기쁘고 슬픈 기억을 더듬으며
그대로 물든다

11월의 밤

어둠이 먹물처럼 번져
비어가는 나무의 윤곽마저 어렴풋해지는 밤
마른 자작나무 모닥불 앞에 앉아
파닥이는 불꽃을 바라봅니다

자욱이 피어오르는 연기 사이로
호젓한 숲길을 손잡고 걸으며
함께 부르던 노랫소리
귓가에 들려옵니다

나란히 앉은 사람들 틈에서
아름다운 풍경으로
기억 속에 박혀있는
그대여

지금 어느 숲 속에서
다시는 화려한 단풍 피우는 것조차
잊어버린 고목(古木)처럼
그렇게 살고 있나요

첫 눈 내리는 날
그 길에 서면

약속 없이도 그대 다시
만날 수 있을까요

연평도

너에게로 가는 길이 막막하다
흐리고 눈발이 날리는 날엔 더욱 멀기만 하다
섬마을의 고달픈 삶도
찢어진 꽃게 그물을 꿰매며 지탱했던 이웃과의
투박하고 끈끈한 인정 때문이었는데
평화롭던 어촌마을을 순식간에
깊은 수렁에 빠뜨린 악몽의 순간
부서진 마음들을 부둥켜안고
황망히 떠나오던 그날
다시 돌아갈 수 있을까
두고 온 세간붙이며 텃밭 작물
주인 잃은 개가 눈에 밟힌다

사랑해서 미안합니다

사랑해서 미안합니다

당신을 사랑하고 나서부터는
당신을 사랑하고 행복해지면서부터는
당신을 사랑하고 눈물이 나면서부터는
당신을 사랑하는 것이 미안해졌습니다

당신과 나는 가는 곳이 다른 사람입니다
서로 사랑해서는 안 되는
세상의 굴레가 있기 때문입니다

당신이 먼저 당신의 길로 돌아가려할 때
당신을 향한 허황된 마음을 달래고 있습니다

당신에게 미안해지는 것은
당신도 나를 사랑하기 때문입니다

아직 나에 대한 강한 집착을 느끼기 때문입니다
돌아오지 못하는 당신의 아픔을 알기 때문입니다

사랑해서는 안 되는데
나는 안 되는 일에 익숙한 사람처럼

당신을 사랑하고 있습니다

오늘

늦은 밤길 달려와
고단한 새우잠에서 깨어난 아침
오늘도 어떤 하루가 열릴까

눈에 보이지도 않고
손에 잡히지 않는 아득한 하루
어떤 이에게는 길고 막막하지만
또 누군가에게는 짧기만 한 오늘

침상에 앉아 감사의 다짐으로 시작하는 날
느린 걸음으로 길을 나서니
아지랑이 물 오르고
나뭇가지 끝의 새소리 또한 정겹다

누구도 대신해 줄 수 없는 오늘, 나만의 삶
결코 알 수 없는 짧은 생(生)
내일, 아무도 모른다

한가위 지나 새벽달을 보며

한가위 다음날
불쑥 떠난 새벽길
텅빈 도심을 차로 달린다

새벽의 서쪽 하늘에
둥그런 새벽달이
혼자
서늘히 나를 본다

걸어갈 수 없는 저 강처럼
나 그대에게 갈 수 없습니다

지난밤 그토록 예쁘던 단장이
모두 걷히고
파티 후 막 씻어낸
화장기 없는 여인의 얼굴은
어쩐지 겨울나무처럼
외롭고 허전하다

동트는 새내기 햇빛에
빛바랜 새벽 보름달은
이제는

푹신한 볼륨도
연방 쏟아내는 은은한
달걀색 미소도
신비하고 깊었던
사랑의 마력도
찾을 수 없다

바램을 채워주지 못하는
새벽 보름달은
훗날의 나를 보는 듯
그렇게 쓸쓸하고 서운하다

골드 코스트(Gold coast)에서

그대 곤히 잠든 밤하늘을 날아 이역만리
꽉 짜인 일정에서 벗어나 위안을 꿈꾸는 나그네에게도
새벽은 일찍 찾아오지만 가끔은 늦잠도 자고 싶다
눈뜨면 가장 먼저 만나는 해맑은 얼굴
밝은 햇살을 가슴에 담는다

사소한 일에 시름 얻던 사람들도
뜨거운 햇살, 눈부신 금빛 해변에서
온종일 뒹굴며 생기가 넘치는데

마음은 두고 몸만 떠나온 것일까
지난 밤 뜨겁게 일렁이던 시간이 지나가고
속삭이는 바람을 잊기는 힘이 드네
끝없이 떠났다가 돌아오는 일을 되풀이 하는
바다와 하늘, 그 경계는 어디일까

금빛 모래밭에 앉아
먼 그대에게 서툰 안부를 묻는다

(註) Gold coast는 호주 퀸즈랜드 주의 남부 해안에서 40km에 걸친 금
빛모래 해변을 중심으로 한 세계적인 관광 해변휴양지

제 6 부

다비의 불꽃

겨울비 안개 속에서

밤새 찬비 내리더니
안개 자욱한 세상은
잘 그려진 한 폭의 수채화 같은 풍경인데
아무것도 보이지 않는 저 길 끝은 어디일까
도무지 속수무책이다

안개에 쌓인 도시는 결국
어느 곳으로도 길을 열어주지 않고
훠이훠이 손을 내저어 봐도
길이 보이지 않아 막막할 때
아득히 먼 그곳에 희미하게 서 있는 그대
오늘에야 비로소 이정표처럼 선명하게 보입니다

매미

인고의 세월
어두운 곳에서 굼벵이로 살던 때가 그리워
다시 돌아가고 싶지만 이젠 어쩔 수 없어
남은 짧은 시간, 후회 없는 생을 위해
청청한 여름 한낮을 그렇게
버즘나무에 의지한 채로
혼신의 힘을 다해 목쉰 울음으로
숲을 서늘히 흔들고도 모자라
서서히 다가오는 종말을 예감하며
처절하게 뜨거운 노래를 부르다가
끝내는 제 어미의 주검을 열고 깨어날 때처럼 야위어
마침내 바람처럼 가벼워진
그대 몸뚱이 너무나 가엽구나

초겨울의 아픔

첫눈을 기다리는 초겨울
봄 여름 가을 보내며 육신이 파김치가 되고
영혼도 지쳐 있다

너무 무리하지 말고 쉬엄쉬엄 가자
내려놓을 것 내려놓고
버릴 것 버리고
줄일 것 줄여
주변을 정리하자
이젠 자유롭고 평화롭게 살아야지

찌푸린 겨울을 머금은 바람이
빌딩 사이로 허전함을 몰고 세차게 몰려오는 날이면

더욱 쓰리고 아픈 가슴
밤새 뒹구는 낙엽의 몸부림이
눈물이 핑 도는 서글픔으로 저려온다
그 누구도 이 아픔을 치료할 수 없다
그래서 더 아프다

다비의 불꽃
― 법정스님을 떠나보내며

만남은 곧 이별을 말하는 것인가
정들어 잊을 수 없는 인연들 남겨두고
구름 같은 삶
작별의 인사도 없이
한순간에 정을 끊고 사라지는
스님 한 분, 아! 그 몰인정

수의도 관도 거부하고
장례식도 사리 찾기도 탑 세우기도 마다하고
낡은 대나무 평상에 입던 옷 그대로 걸친 채
황포 한 장 덮고 하늘 보며 누워
즐겨 다니던 계곡과 숲을 지나
뜨거운 장작불 위에서
푸르렀던 한 생애를 마감하네

별빛 아래 비로소 안식을 맞는 순간
이별의 말 파르라니
목울음 울고 돌아서는 날
숨어 지켜보던 바람도
마지막 울음 삼키고 돌아서는 날

누구나

언젠가는 혼자 가는 길
어디로 가는지
어떻게 떠나야 하는지를
한 줌 재가 되어
우리 가슴 환하게 밝혀줍니다
아! 그 향기로운 무소유의 삶

도심의 한가위 달맞이

송파의 공원 벤치에서
한가위 보름달을 맞는다

멀리 지평선 위로 솟아오르는
고향달 같이
경탄의 달오름은 아니지만
아파트 숲을 지나
공원의 큰 느티나무 뒤로
다정스레 떠오르는 달님

늘상처럼 스무아흐레의 단장을 끝내고
더욱 토실한 모습으로 가을에 오신 달님

이제
어릴 적에 보이던
토끼도 방아도 찾기 힘들지만
달님은 오늘도 긴 세월을 품은 세련된 미소를 지으며
포실한 빛으로 외로운 나에게 속삭인다

들리는가?
월광 소나타(Moonlight sonata)
보이는가?

너무 많아 차림상에 담아내지 못하고
조용히 머금은 어머니의 사랑이

돌아오라고 소리치고 싶습니다

나의 가슴에서
그대를 빨리 지워버리라는
그대의 말을 이해하고 있습니다

그대를 떠나려 할수록
떠나지 못하는 까닭은
그대가 더 나를 사랑하고 있기 때문입니다

내 사랑은
바다를 두드리는 파도처럼
격정의 물결을 참아내지 못합니다

사랑을 잊었다는 그대
사랑을 잊겠다는 나
서로 빗나간 자존심에 취해
초겨울 밤바람을 가르며 헤어졌던 밤
그 밤이 다시 빛을 갈망합니다

나를 다시 고독의 어둠에 갇히게 한 밤
그대에게 사랑한다고 말할 수 없게 한 밤

어둠이 길수록 빛은 더 환하게 오는데

이제야 그대를 사랑한다고 말하고 싶습니다
돌아오라고 소리치고 싶습니다

초가을 유감

높푸른 하늘 곳곳에 뭉게구름 솜틀구름
긴 장마 후에 모처럼 따스한 햇살
아직도 검푸른 계곡의 숲과 바위 위로 선명한 능선
녹색의 풀밭 위를 걷고 걷는다

목청껏 울어대던 매미소리 들리지 않고
한껏 사랑을 나누며 들판을 휘젓던 고추잠자리 떼도
기력을 잃고 마지막 사랑으로 종말을 예감한다
봄 여름 내내 자태를 뽐내던 꽃들은 메말라 가고
하늘하늘거리는 코스모스가 떼 지어 피어나며
새로운 생명을 노래한다
계곡 물소리 각가지 풀벌레 소리 은은하게
대자연은 새로운 연주를 시작한다

죽음과 삶이 교차하는 듯한 9월 하순
초가을 들판에서 긴 호흡으로
하늘 구름 능선 계곡을 즐긴다
고독과 방황 그리고 사랑과 결실을 생각한다

시들어 가는 매미 잠자리 꽃들을 애도한다
죽어가는 사람들 아니 모든 동식물까지도 애도한다
새로이 태어나는 것

살아있는 모든 것은
역시 위대한 것임을 찬미한다

새로운 세상

12월 또 한 해가 가는데
아담한 재즈하우스에서
살롱 음악회가 열리고
세월의 흐름에 낯설지만
왠지 익숙한 모습을 발견하고
얼떨결에 나눈 악수

붉은 와인그라스에 담긴 현악의 잔잔한 멜로디
헨델의 「트리오 소나타(Trio Sonata)」에
재즈밴드의 「오톰 리브스(Autumn Leaves)」
「인더무드(In the Mood)」가 연주되자
깊은 바람을 느끼듯 두 눈을 감은
그대의 섬세함과 촉촉한 모습

처음 느낌이었습니다
신선한 바람이었습니다
새로운 세상이었습니다

암탉이 알을 품은 정성과 온기가 있기에
병아리는 용기와 힘을 내어
알을 깨고
새로운 세상으로 나올 수 있었지요

겨울나무

무성하던 잎새들 어느새 모두 떨구고
황량한 들판에 서 있는 겨울나무
세찬 바람소리에 귀가 멍해도 꼿꼿하게 선 채로
기다림을 배우고
인내를 배우고
의연함을 배웁니다

성긴 가지 사이에 머지않아
참새 떼 날아와 앉아 재재대고
배꼽을 간질이는 엷은 햇살 한 자락 내릴 때까지
겸허하게 시간의 문을 닫고 외로움과 마주하고
겨울 혹한을 참는 아픔을 이깁니다

아직 보내야할 날들이 조금 더 남아있기에
홀로 두려움을 견딥니다

유월의 회상

뻐꾸기 울음소리 다정한 유월의 숲에 서면
나뭇잎 사이로 불어오는 바람도 초록바람이고
눈부신 햇살마저도 초록빛으로 넘실대지만
감자꽃 하얗게 피우며
아픔으로 영글어가던 기억은
생애 가장 고단하던 시절의
어머니 얼굴로 일렁입니다

전쟁을 경험한 세대들
고요히 눈 감고 역사 속으로 사라져가고
많은 것 변했어도
기억하는 것은 아주 습관이 되어
미처 하지 못한 말들
가슴에 꾹꾹 눌러놓은, 끝내 버리지 못하고
얼마나 더 많은 시간을 견뎌야하는지

가을의 산골 마을에

분주했던 일상
저만치 물리치고
떠나려는 계절
배웅 삼아 나선 길

여름내 시달린 산과 계곡
굽이마다 색다른 얼굴들
이른 낙엽 떨구고 사라지니
계곡물은 한층 소리를 높인다

첫 햇살이 비켜간 산 아래 오래된 터널
긴 굴을 빠져나와
발길 닿은 골 깊은 산골마을

긴 세월 오순도순
정다웠던 이웃들
지금은 모두
어디로 갔을까

멈춘 지 오래인
물레방아 그 위로
무심한 세월만 내려앉았다

눈과 소나무

그대 그 자리에서 오래
기다림 끝에 우리 만났습니다
강물 속에 뛰어내려 한순간 자취 없이 사라지는
슬픈 눈발이 되었어도 하는 수 없었겠지만
향기로운 그대를 만난 것이 행복입니다

영하 16도의 혹한 속에서도
세찬 바람의 위력 앞에서도
오래 포옹한 채
꿈같은 시간이 지나고
이제 작별의 시간

마지막 숨을 몰아쉬며
바람에 휘는 가지와 함께
흔적 없이 사라진다 해도
잠시라도 그대와 함께했던 시간이
이 지상에서 보낸 마지막 기쁨이었습니다

고드름

눈물마저 말라버린 세상
삐쭉삐쭉 키를 재며 처마 끝에 매달린 겁먹은 눈망울
반짝이는 햇살을 받은 오늘은
그림자마저 축축하다

금방이라도 바닥으로 곤두박질칠 듯한
위태로운 몸짓으로 아슬아슬 매달려
썰렁한 빈집을 지키며
처마 끝에서 지샌 지난 밤

얼마나 두려웠을까
얼마나 힘들었을까

새해의 기도

바쁘게 달아난 날들을 더 이상 붙잡아 둘 수 없는
새해 아침 여명이 밝아오면
이제는 지나간 절망이 아니라 새로운 희망을 노래할 때
조급함이 앞섰던 시간들
힘들고 절망했던 순간에도
세상은 결국 살만한 곳이라는
찬란한 믿음으로 두 손을 모으게 하소서

하늘의 진리를 깨닫고
더불어 사는 삶의 아름다움도 실감하며
험난했던 과정 속에서도
행복은 우리의 마음에 있다고
함께 살아가는 순한 가슴을 모아
의젓한 내일을 살게 하소서

누군가에게 위안이 되고 사랑이 되는
그런 마음이 되게 하시고
우리가 함께 걷다가 지칠 때
기댈 수 있는 넓은 가슴과
감사의 마음에 피어나는 행복의 꽃씨
만나는 사람들 모두와 나누게 하소서
미약한 불빛이나마

뭇사람 가슴 속에 두려움 걷어내고
희망을 밝히는 한 자루 촛불이게 하소서

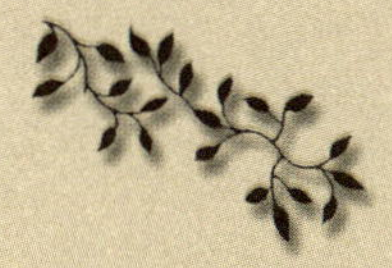

한 아리스토클라트의 문학 발견과 그 변용

오양호

축하의 글

손순자

한 아리스토클라트의 문학 발견과 그 변용
— 박철언의 제2시집 『따뜻한 동행을 위한 기도』
  간행에 부쳐

오양호 (길림대 특빙교수, 문학평론가)

해설을 쓰려고 뽑아든 박철언의 시에서 나는 시 자체를 읽기보다 그 시행들이 묻혀 온 꾸물거리는 과거의 편린들에 의해서 지나온 세월의 어느 길목으로 이끌려 간다. 가령, '노릇노릇 간 갈치를 구워 밥상을 차려주는 꿈' 이 그리워 '고향 가는 기차를 타련다' 와 같은 시행을 대할 때 내 연배의 사람들이 대개 그렇겠지만 자신들의 어둡거나 밝고, 우울하거나 기억하기 싫은 경험들을 발견한다. 한국동란이 끝난 지 10년이 채 못 된 시간, 객지에서 하숙을 하거나 자취를 하며 오직 학업에만 매달려 살던 때가 신산과 미망으로만 정리되는 심란함을 경험하기 때문이다. 인간 박철언은 그런 1950, 60년대의 폐허, 역경, 불만, 가난의 시대를 헤쳐 나와 한 시대를 경영하던 인간승리자다.

시인 박철언은 정치인, 법조인이다. 아니 법조인, 정치인인 박철언은 시인이기도 하다. 박철언은 검사, 국회의원, 장관을 다 거친 다음 시인이 되었다. 그러니까 그에게 시인이란 명칭은 가장 늦게 받은 직함이다. 장관을 지낸 사람이 그 다음 갈 자리는 총리급이라고 한다면, 이때 '시인' 은 일국의 재상 반열이 된다.

『따뜻한 동행을 위한 기도』는 박철언의 두 번째 시집이다. 박철언은 지금도 '한 평 철창 속으로 일회용 커피 한 봉을 건네주던/ 이름 모를 교도관의 따뜻한 손길' 을 생각하며 시를 쓴다.

시인 박철언은 변호사다. 그것도 유명한 변호사다. 한국에 시인이 일만여 명이 넘지만 변호사 시인이 있다는 소리는 듣지 못했다. 변호사라는 직업이 그만큼 희소가치가 있다는 말일 것이다. 더욱이 박철언은 명문 학교만을 다녔고 한때는 중차대한 국사를 결정하는 자리에까지 가 있었던 사람이다. 이런 점에서 그는 일반 시인과 그 성분이 다르다고 하겠다. 필자가 박철언을 아리스토클라트라 부르는 이유가 이런 점 때문이다.

한국 사람들 중 일부는 아리스토클라트(Aristocrat)를 별로 좋아하지 않는다. 그들은 아리스토클라트들이 그들만의 세계와 그들만의 특별한 삶의 양식이 있다고 생각한다. 사상, 정치적으로는 비판적이어야 하고, 경제적으로는 서민층일 때 당당한 시민, 국민이 될 수 있다고 생각하는 사람들이다. 이런 생각의 일부를 받아들인다 하더라도 문인의 경우는 사정이 다르다. 옛날부터 문학에는 여러 계층이 존재해 온 까닭이다. 가령 조선조의 경우, 「사미인곡」을 쓴 가사의 대가 정철은 관찰사란 높은 벼슬을 한 우파 엘리트이고, 시조의 절창 「오우가」의 윤선도 역시 양반 가문 출신으로 남이 부러워할 만한 벼슬을 했다. 신소설의 대표적 작가 이인직은 어떤가. 그는 민족의 반대편, 높은 자리에 가정을 꾸린 아세의 지식인이었다. 그러나 아이러니하게도 그의 소설을 빼고 근대며 개화기의 한국 문학을 논할 수 없다. 신문학기의 최남선은 재력가 집안의 아들이라 자비로 『소년』지를 간행하는 언론인이 될 수 있었다. 그리고 그런 기반이 있었기에 〈기미 독립 선언서〉를 기초할 수 있었으며, 나아가 그가 문학을 수단으로 삼아 민족 속으로 들어갔던 것이다. 일본에서 『창조』라는 동인지를 내어 이 땅에 처음으로 순수문학의 씨를 뿌린 김동인도 평양

갑부의 아들이다. 재력(돈)은 본질적으로 권력과 가깝다. 이렇게 정철, 윤선도, 이인직, 최남선, 김동인 등은 그들 시대의 아리스토클라트였지만 그들이 살았던 한국문학사를 기술할 때 그 이름을 뺄 수 없는 존재들이다. 그들이 남긴 작품이 그들이 살았던 삶의 성격보다 우선적이기 때문이다.

지금은 어떤가. 요새는 사정이 좀 달라졌지만 한때 이 나라 참여문학의 대부처럼 행세한 주요 문인, 그 주위를 둘러싼 대부분의 멤버들은 많은 학자금을 내고 외국의 대학에서 높은 공부를 하고 돌아와 대학 교수가 되어 글을 쓰고, 문예지를 간행하고, 출판사(회사)를 관리하는 특수층이다. 내건 문학의 전략은 진보 또는 중도 좌파의 노선을 걷는 문인이지만, 출신 성분, 현재의 위치, 경제적 조건으로는 분명히 서민과는 먼 거리에 있는 계층(Aristocrat)에 속한다.

이런 점에서 시인 박철언의 문학을 말하면서 그 출신 성분을 따지는 것은 공평하지 않다. 위에서 살펴본 문인들처럼 그 역시 우파 엘리트이기에 그의 시에서도 결과적으로 한국문학의 한 배아를 발견할 수 있기 때문이다. 따라서 시인 박철언 역시 그의 문학자체만을 문제로 삼아야 한다.

1. 소멸과 허무, 세월은 가고

박철언은 젊은 시인이다. 그의 등단이 그러하고, 그의 외모가 그러하다. 그러나 벌써 30년 전에 그는 문학과는 다른 인생의 전성기를 보냈다. 그런 인생행로 때문인지 그의 시에는 도

처에 낭만적 소멸 이미지가 나타난다.

> 그리운 것들은 이제 아득한 이름이 되었구나
> 무엇이 어느새
> 이렇듯 서럽게 헝클어 놓았나
> 마땅히 부려놓을 곳 없어 조바심하던 마음도
> 가슴에 깊이 담아둔 채 빗장을 채우고
> 언젠가 놓아버린 사랑도
> 깎이고 둥그러진 모양으로 모두 기억되리라
> 그렇게 또 세월이 가면
> ─〈세월이 가면〉에서

내년이면 고희가 되는 박철언이지만 여전히 마음이 뜨겁고 댄디(dandy)하다. 이 시를 읽노라면 간절하게 소멸해가는 어떤 존재가 떠오르고, 또 간절한 그리움이 떠오른다. 아직은 이승에 함께 있지만 세월이 가면 영원히 헤어져야 할 운명을 안타까워하고 있다. 이 시는 박철언이라는 존재에 대한 어떤 선입관이나 고정관념이나 권위로부터 일탈되어 있다.

〈세월이 가면〉이라는 시 제목이나 시의 톤(tone)이 조금은 감상적이다. 제2차 세계대전 중 주머니에 돌을 가득 넣고 템즈 강에 뛰어든 버지니아 울프의 생애를 사랑한, 1950년대 명동의 백작이라 불리던 어느 시인의 그것을 바람 따라 흘러가 버린 가수 박인희가 부른 노래처럼. 그러나 시가 얼마간 감상적이고, 통속적인들 어떨까. 사랑이든 인생이든 그 모든 것이 떠나고, 헤어지고, 가버리는 슬픔 앞에 우리 인간은 언제나 속수무책이기만 하지 않던가.

> 사진을 바라보는 그대 젖은 눈동자
> 애타는 아쉬움에 차 있고
> 세상 어디에서도 다시는 만날 수 없다는 절망으로
> 나직이 부르며 흐느껴 우는 그대 그리움이
> 이승을 떠나는 옷자락을 붙잡을 수 있을까
>
> 마침내
> 불이 되고, 재가 되고, 흙이 되어
> 자연으로 돌아갈 몸뚱이지만
> 지친 영혼만은 자유롭고 평화로운 하늘여행을
> 마음껏 할 수 있었으면 좋겠다.
> ―〈장례식〉에서

　죽음을 예상하고 있다. 우리의 생명을 달구는 이 치열한 햇빛과 바람이 언젠간 나의 생명을 다 소진시킬 것이다. 나뭇잎을 스쳐가는 저 유쾌한 바람소리가 언젠간 신음소리로 들릴 것이고, 지금의 총총한 기억이 사방에 흩어지고, 나 자신도 망각해 버린 채 나는 저 바람이 되어 떠날 것이다. 금쪽같이 아끼던 육신이 불이 되고, 재가 되고, 흙이 되면 영혼은 바람 타고 훨훨 떠날 수밖에 없지 않겠는가. 이 시의 작자가 국사를 좌지우지하던 혁명가의 반열에 섰던 사람이라고는 믿기지 않는다. 그 강한 힘은 간 데 없고, 인간이 사실은 허무한 존재란 그 원초적 의미를 자신의 죽음의 예상을 통해 발견하고 있다.

'그리움이/ 이승을 떠나는 옷자락을 붙잡을 수 있을까' 라고 나직이 되뇌다가 마침내 그것을 잡을 수 없음을 부정적 의문문으로 처리하고 있는 허무의 언어는 이 시인이 이 세상 인간사를 너무 많이 알고, 그러나 그 어느 것도 만족할 만한 해결을 못보고 어느덧 노년기를 맞는다는 그런 슬픔의 인식이다. 그래서 가슴 찡한 감동으로 다가온다. 이 시인의 격렬했거나 긴장되었던 과거에 비해 상당히 비관적인 생명의 본질에 닿아있다. 아마 속절없이 흐르는 세월 탓일 게다.

2. 고향의 발견, 어머니를 만나는 행복

박철언 시의 퍼소나는 이제 간이역을 지나고 있다. '손 흔들어줄 누군가도/ 어느 날 홀연히 사라져 버릴지 모르는 간이역/ 그리고 기억 속에서 희미해진다 해도/ 우리들 가슴에 남아 가끔씩/ 그리움을 불러내고/ 환희를 불러' 낸다. 그러다가 이 퍼소나는 곧 어디로 떠난다.

    나무들 사이 듬성듬성 눈 쌓인 겨울산과 들판을 지나

    구순(九旬)을 넘긴 지 몇 해인

    어머니 만나러 가는 길

    언제, 어떤 모습으로 돌아가도

    깨끗하게 단장하고 잔잔한 미소로 반기며

    무거운 마음 걷히게 하시는 어머니

분홍빛 레이스 속옷 선물에
어린아이처럼 좋아하시던 모습
세월은 어느 틈에
한 여인의 두근거림을
그리움을 앗아간 것일까?
— 〈어머니 만나러 가는 길〉에서

어머니가 사는 고향행이다. 왜 어머니이고 고향일까. 인간의 나이를 관념적 시간으로 환산하는 사람들이 근래에 늘고 있지만 사실 그건 노령기에 임박한 사람들이 시간을 향해 퍼붓는 헛발질이다. 〈어머니 만나러 가는 길〉의 퍼소나는 위의 〈간이역〉에서처럼 생의 남은 시간에 쫓기며 어디로 떠나야 하는 강박관념에 싸여 있다. 그러나 이 퍼소나는 귀향에 의해 그런 긴장에서 벗어난다. 어머니를 만남으로써 무거운 마음이 가볍게 되기 때문이다.

어머니와 고향은 생명본질의 다른 표상이다. 어머니는 탄생과 그것의 축복과 생명의 거룩함을 상징한다. 고향 역시 생의 근원상징이다. 인간은 늘 시간과 이별하며 그 기억 속에 산다. 이별한 시간의 기억을 우리는 추억이라 부른다. 어머니와 고향은 이별한 시간에 대한 아름다운 추억이다. 인간은 이 추억이 그리워 그 추억이 남아있는 곳으로 돌아가고 싶어 한다. 어머니와 고향이 바로 그런 대상이다. 상처나 슬픔도 기억은 아름답다. 그래서 추억은 애증을 초월한다. 이렇게 어머니와 고향은 행복고착지대의 다른 이름이다.

박철언 시의 퍼소나들은 그래서 힘든 현실을 떠나 수시로 귀

향한다. 고향 오일장을 보고, 고향 사람들을 만나면서 이제는
그 모든 것을 지나쳐 볼 수 없는 인간의 애정을 발견한다.

> 모진 강풍과 폭설에 더디게 오는 봄
> 한줌 볕, 산중턱에 뿌리내린 달래
> 손톱 밑 닳도록 캐낸 밭고랑의 냉이
> 할머니 손때 묻은 소쿠리에서
> 서로서로 기대어 졸고 있다
>
> 이마의 주름살만큼이나 깊게 패인 세월의 흔적
> 닷새마다 장거리에 나서는 일
> 낯익은 얼굴들이 그리워서라며
> 오늘도 장 모퉁이에 앉아
> 접혀질 듯 굽은 등을 몇 번이나 일으켜야 할까
> ─〈봄, 오일장〉에서

　'손톱 밑 닳도록 캐낸 밭고랑의 냉이/ 할머니 손때 묻은 소쿠
리에서/ 서로 서로 기대어 졸고 있다' 라는 시구나, '낯익은 얼
굴들이 그리워서라며/ 오늘도 장 모퉁이에 앉아/ 접혀질 듯 굽
은 등을 몇 번이나 일으켜야 할까' 에서 특히 냉이가 '서로 기대
어 졸고 있' 다는, 말하자면 그렇게 날렵하게 포착해낸 시의 여
백에는 농촌의 가난과 농민의 외로움이 압축되어 있다. 냉이도
서로 어깨 부비며 기대어 살고 있는 까닭이다. 또 낯익은 얼굴
들이 그리워 접혀질 듯 굽은 등을 수없이 일으켜 세운다는 시행
에도 곡절 많은 삶이 있고, 무작정 흘러버린 세월이 있고, 그리

움과 기다림이 있고, 인정이 있고, 그 인정으로 쌓인 생명의 섭
리가 있다. 퇴고가 별로 없는 듯한 이런 초고상태의 시로 인해
박철언에게서의 '시인' 이란 칭호는 그래서 '재상' 급의 지위가
된다. 그 번뜩이는 문체 때문이다.

3. '유비추리에 의한 오류' 의 변호,
한 아리스토클라트의 문학 발견을 위해

'박철언은 법조인이고, 정치가다. 그래서 시인이지만 시인이
아니다' 라고 한다면 이것은 그야말로 유비추리에 의한 오류다.
우리는 다음과 같은 작품에 나타나는 그의 시적 성취와 재능을
누구도 무시할 수 없기 때문이다.

그대를 한때

붉은 유리잔 속에 가두어 두었습니다

그대 곁을 떠나려 했던 것은

행여라도 그대의 포로가 되기 싫었기 때문입니다

질기고 매운 여름을 견디고 자라

열정에 얽매이지 않으리라 다짐했지만

포도는 이미 유리잔을 물들이고 있습니다

그 빛이 너무 강렬하여

태연히 날아온 그대를 알아보지 못했지만

이미 나는 눈이 멀어 있었습니다

나무의 뿌리는 가지를 놓아주지 않고
거듭나기 어려운 말들만 우리는 하고 있습니다

그대 마음만 알았더라면
말은 몰랐더라면 얼마나 좋았을까요

이제 유리잔 속에서 그대를 꺼내고
뜨거운 불길로 덮쳐오기 전
빨리 눈을 감습니다

가슴 깊은 곳에서 천둥이 치고
포도주 빛 붉은 그대는 강물로 흐릅니다

후회해도 소용없는
그것은
그대를 사랑하는 연습 이었습니다
　　　　　　　　　　　　　－〈포도주 빛 그대〉 전문

　　우리는 바로 위에서 퇴고의 흔적이 거의 없는, 그래서 쉽게
읽히는 시 한 편을 감상하였다. 그러나 〈포도주 빛 그대〉는 그
렇지 않다. 우선 여러 메타퍼가 기호분해를 몇 개로 나누거나
또는 그것의 분해가 잘 되지 않게 방해하고 있다. 현대시의 특
징을 모호성(obscurity), 난해성(difficulty), 신기성(novelty)이라
한다면 이 시는 그런 요소를 두루 갖추고 있다고 하겠다. 현대
시가 괜히 어려운 게 아니다. 그것은 시인의 경험총합의 무의

식적인 굴절이고 변용인 까닭이다. '현대'란 시대는 복잡하고, 꼬여있고, 다양하고, 또 주관과 객관, 상이한 가치관이 공존한다. 그래서 T. S. 엘리엇의 가장 잔인한 4월도 성립한다.

시가 재인식(representation)의 경험이라는 것은 하나의 상식이고, 시의 명제(주제)가 시인의 창작의도와 무관하다는 것도 하나의 상식이다. 그러나 우리는 이 원론을 시를 평가하는 현장에서는 종종 간과해 버린다.

시는 명제와 리듬과 비유의 종합으로 이루어지는 것이고, 그 중 비유가 시라는 장르적 특징을 가장 잘 드러낸다. 〈포도주 빛 그대〉에는 시인의 현실 인식이 중첩되어 나타난다. 이 작품이 박철언의 다른 작품과 달리 이해가 잘 안 되는 것은 이런 점 때문이다.

우선 이 시는 연가로 읽힌다. '그대'란 다정한 호칭, '포도주 빛=그대'라는 등식, 또 '그대의 포로', '눈이 멀었다' 등과 같은 전형적인 사랑표현의 말이 이 시를 거의 지배하기 때문이다.

그런가 하면 이 시는 어떤 절대적인 존재에 바치는 헌사로도 읽힌다. 따지면 이렇다.

'그대의 부재→질기고 매운 여름을 견디고 자라, 그대 나타남→나는 그대를 몰라봄→그러나 그대를 알게 되고, 그 후 알게 된 것을 두려워 함→그러자 그대는 강물이 되어 흘러가 버림→결국 나는 그대를 사랑하는 연습을 했다는 것을 깨달음' ; 이렇게 '그대'는 감히 범접할 수 없는 존재로 형상화 되어있다.

시가 시인의 삶에 대한 태도와 감성 사이의 긴밀한 맞물림 속에서 일어난 종합적인 존재라면 시인 박철언의 이러한 현실 인식은 하나의 개벽이라 할만하다. 절대적인 존재에 대한 시적 변용을 다스리는 수사가 어느 기성시인에 못지않기 때문이다.

그렇다면 이 절대적인 존재는 무엇일까. 앞의 1,2 항에서 우리는 이 시인이 자신의 지난 삶에서 결별하는, 그러니까 고향엘 가고, 오일장을 보러 가는 등 인간적인 또는 문학적인 귀환을 하는 행위를 보았다. 그런데 박철언 시의 퍼소나들은 이 귀환 중에 임을 만난다.

지난 세월 가슴 조이며 안타까워하며
숱한 다짐을 진한 눈물을 뿌렸어도
이토록 그대 향한 그리움은
돌이킬 수 없는 운명인가요

이제야 알았습니다
모든 사연들이 다시는 오지 않을
소중한 추억인 것을
아무것도 바라지 않습니다
나에게 그리운 이가 있다는 것만으로도
나는 행복합니다

그대의 뼛속 깊은 고독
하산(下山) 길 고뇌의 모습과 빛깔에
저려오는 가슴
멀리 있어도 언제나 내 가슴 가장 조용한 곳에
깊숙이 앉아 있는 그대
그대를 찬미하고 싶습니다

그대를 기쁘게 해드리고 싶습니다
　　―〈따뜻한 동행을 위한 기도〉에서

'그대'의 실체가 희미하게 나타난다. '그대'는 '돌이킬 수 없는 운명'의 존재이고, '그리운 이가 있다는 것만으로도 나는 행복한' 존재이고, '멀리 있어도 언제나 내 가슴 조용한 곳에 깊숙이 앉아있는' 존재다. 박철언에게 있어서 이성적 존재로서의 '그대'는 이만큼 비중이 크지는 않을 것이다. 누가 뭐래도 그는 사랑에 심신을 몽땅 바칠 장삼이사는 아니기 때문이다.

그렇다면 임은 국가이거나 조국 같은 존재일 수 있다. 이런 주장은 상당한 논증이 필요하다. 혹자는 논리비약이라 할 것이고, 혹자는 국가와 민족이란 말은 아무에게나 쓰는 말이 아니라고 주장할지 모른다. 우리들의 집단무의식 속의 조국, 또는 국가라는 말은 한국인의 현실과 생활과 현실극복 의지와 세계구상의 응집체로서의 민족이라는 말을 자신의 인생관이나 세계관로서 삼아온 사람만이 쓸 수 있다고 목소리를 높이는 소수의 사람들이 있다. 그래서 이 말은 일부의 진보층, 좌파 엘리트들, 거칠게 말해 삐딱한 개량주의자들의 전유물이 되어 왔다. 그러나 이제 이런 논리는 물을 건너가고 있다. 한국현대사의 주역은 누가 뭐라고 하더라도 군인, 기업인, 우파 엘리트, 과학자(좋은 예가 박정희가 가난 속에 세운 KAIST)들임을 모든 국민이 깨닫고 있기 때문이다.

사정이 대체로 이러한데 근래에 발표된 박철언 시의 어느 한 갈래가 현실, 역사, 민중 쪽을 향해 문이 살짝 열려 있다. 몇 편만 보자.

가) 화려한 불빛 뒤로

주름살 짙은 절망과 낙담으로

서러운 겨울과 싸우고 있는 골목 안

혹한의 쪽방촌 사람들은

　　　　　─〈쪽방촌 사람들〉에서

나) 너에게로 가는 길이 막막하다

흐리고 눈발이 날리는 날엔 더욱 멀기만 하다

섬마을의 고달픈 삶도

찢어진 꽃게 그물을 꿰매며 지탱했던 이웃과의

투박하고 끈끈한 인정 때문이었는데

　　　　　─〈연평도〉에서

다) 외딴 골목 끝 인기척 없는 집

언제부터인가 아이들 웃음소리 담장 넘는 일 없더니

널따란 스티로폼 상자 안에

깨진 플라스틱 화분에

상추며 고추모종 키워내던 흙이 딱딱하게 굳어있다

　　　　　─〈빈 집〉에서

라) 감자꽃 하얗게 피우며

아픔으로 영글어가던 기억은

생애 가장 고단하던 시절의

어머니 얼굴로 일렁입니다

　　　　　─〈유월의 회상〉에서

시 가), 나), 다)는 현실을 문제삼고 있다. 시 라)에는 6·25 동족상잔의 역사가 굴절되어 있다. 임과의 이별을 슬퍼하는 그 아래에 깔린 이런 현실, 역사, 민중 모티프는 이 시인이 마침내 찾아낸 시적 변용과제로 보인다. 물론 시가 문제적인 소재나 모티프의 선택만으로 이루어지는 것은 아니다. 시의 언어가 원래 발견의 언어이긴 하지만 이런 현실적인 소재나 모티프를 통하여 현실, 역사, 민중의 문제를 전달하는 것 역시 시가 수행해야 할 중요한 몫의 하나다. 우리가 잘 알듯이 1980년대 이후 지금까지도 지속되는 저 도저한 리얼리즘이 이것을 증명한다. 그러나 시력이 아직 별로 길지 않은, 그러면서 어쨌든 아리스토클라트로 살아온 박철언이 이런 현실과 역사의 광장으로 자신의 시적 진로를 진입시킨다는 것은, 그런 사실, 그런 작가의식 하나만으로도 우리의 관심에 값한다. 이 시인의 이런 시의식이 장차 더욱 심화 확대되길 기대한다.

■ 오양호

문학박사, 가톨릭대, 인천대 교수

한국문인협회 23·24대 평론분과회장

윤동주문학상, 심연수문학상, 조연현문학상

신곡문학대상, 황조근정훈장

저서 : 『농민소설론』, 『문학의 논리와 전환사회』, 『신세대 문학과 소설의 현장』 외 다수

축하의 글

손순자 (시인, 수필가)

　연둣빛이던 나뭇잎이 어느새 짙은 초록빛으로 변해버리고 사방이 꽃 천지인 설렘의 계절입니다. 청민(靑民) 박철언 시인의 제2시집 『따뜻한 동행을 위한 기도』 축하의 글을 쓰면서 '순수문학상' 시상식장에서 처음 환한 미소로 악수를 청하던 박철언 시인의 모습을 떠올려 봅니다. 시인께서는 '작가상'을, 필자는 수필부문 '우수상'을 수상하는 자리였습니다. 시상식이 끝나고 일일이 축하객과 악수를 하던 시인에게 필자의 수필 『행복한 여자』를 전한 일을 계기로 박철언 시인은 저에게 문학적 벗이자, 멘토(mentor)가 되어주고 있습니다. 필자의 수필집을 읽고 난 후의 소감을 들었을 때에는 그 겸손함과 더불어 진정으로 사람을 대하는 성심에 감동을 하였습니다.

　시인에게서 결코 가식은 찾아볼 수 없는 묵직한 친근함과 자연스러운 흡인력을 느꼈습니다. 그만이 소유할 수 있는 부드러움과 특별한 따뜻함, 냉정하고 차갑게 보이는 겉모습과는 달리 인간미 넘치고, 진심 어린 관심과 열린 마음으로 상대방을 대하는 모습을 볼 때마다 "나는 남을 항상 의심하느니 차라리 믿다가 속임을 당하는 길을 택하겠다. 속임을 당한 고통은 잠깐이지만 의심하는 고통은 끝이 없기 때문이다"라는 '폴 고갱'의 말이 떠오릅니다.

　살아가면서 참으로 많은 사람을 만나지만, 용기와 자극을 주는 사람을 만나기란 너무나 어려운 현실입니다. '존경' 이라는 단어를 붙일 수 있는 사람을 만난다는 것 또한 쉬운 일이 아니지요. 박철언 시인은 필자에게 자신감을 불어넣어 주는, 존경할 만한 분입니다. 그렇기에 이처럼 선뜻 '축하의 글' 을 쓰겠다고 자청한 것입니다.

　오랫동안 이 나라 역사의 선봉에 서서 현실정치의 정도를 이끌었던 정치인 박철언. 교수 박철언. 변호사 박철언. 이 외에도 무수한 수식어가 그를 지칭하는 탓에 언젠가 필자가 그에게 물은 적이 있습니다. "이 많은 호칭 중에 어떤 호칭으로 불리는 게 가장 좋은가요?" 라고. 한 치의 망설임도 없이 "시인으로 불릴 때가 가장 행복하다" 라고 대답하던 그의 모습을 보며, 필자 역시 '시인' 이라 불릴 수 있음에 감사해 하기도 했지요. "창 너머 백목련이 만개해서 매우 아름답다" 라며 박목월 시 '사월의 노래' 를 이야기 하던 그에게서 천상 '시인' 이라는 생각도 들었습니다.

　목련꽃 그늘 아래서 베르테르의 편질 읽노라

　구름 꽃 피는 언덕에서 피리를 부노라

　아 아 멀리 떠나와 이름 없는 항구에서 배를 타노라

　돌아온 사월은 생명의 등불을 밝혀든다

　빛나는 꿈의 계절아

　눈물어린 무지개 계절아

아마도 그 무렵쯤으로 기억됩니다.
아래의 시를 시인의 홈페이지에서 처음 읽은 날이…….

> 백목련 시샘으로/ 창이 하얗게 물들던 날/ 내 단잠을 깨우고/ 마음 문을 열고/ 꽃물 머금은 바람처럼/ 그대 다녀갔나요/ 꿈엔 듯 그대를 안고/ 나직이 속삭이던 봄의 찬가/ 다정한 입맞춤에/ 채 타오르기도 전에/ '안녕' 이라며 뒷모습 보이고/ 홀연히 사라져 버린 그대/ 또다시/ 봄이 찾아오고/ 하얀 웃음으로/ 내 곁에 온다면/내 마음 또다시/ 빈 틈을 보일지도 몰라
> 〈꿈엔 듯 다녀 간 그대〉… 전문

그의 시를 읽고 있으면 자연의 숨결조차 언제나 따스한 사랑의 눈으로 보는 섬세한 마음을 엿볼 수 있으며, 가식 없이 솔직하고 구체적인 묘사 역시 독특한 그만의 장점이라는 생각이 듭니다. 시를 읽는 내내 자연의 품에 안긴 것처럼 숨통이 트이고 머리가 맑아지는 것 같은 기분을, 그뿐만 아니라 아무나 흉내를 낼 수 없는 순수한 감수성이 느껴져 긍정의 에너지가 온몸 속속들이 전해져 오는 듯합니다. 이런 감흥이 필자뿐 아니라, 독자들에게까지 전해질 것이라는 확신이 듭니다.

2004년 첫 시집 『작은 등불 하나』를 상재하고 나서 실로 오랜 공백 끝에, 일상의 작고 소소한 것들에 대한 기억이 실린 두 번째 시집을 만날 수 있게 되어 참으로 기쁩니다. 보도블록 사이를 뚫고 여린 잎을 밀어내 지상의 눈이 부신 햇살과 조우하는 노란 꽃 민들레의 몸부림이 실로 미약한 것처럼, 사람들은 인지

할 수 없지만, 가슴 벅찬 시어 하나하나로 그만의 감성을 담아
내는 박철언 시인. 이 세상에서 한순간, 한순간이 놓쳐서는 안
될 소중한 순간이라는 것 또한 박철언 시인을 통해 다시금 깨닫
게 됩니다.

　박철언 시인의 『따뜻한 동행을 위한 기도』에 수록된 89편의
시에서 묻어나는 언어의 소박함이, 그 진정성이 이 무더위에 내
리는 빗줄기처럼 독자들의 마음에 첫사랑 추억처럼 아련하게
시나브로 스며들기를 기대합니다.

■ 손순자
　한국문인협회 회원 / 한국편지가족 회원
　열린시문학회 회원 / 소요문학 회장 역임
　제15회 공간시인협회 시 본상수상
　제16회 순수문학상 수필 우수상 수상
　저서 : 시집 『소요산 연가』, 수필집 『행복한 여자』

작가 프로필

시인 —순수문학지 신인문학상수상 1995, 아호 청민青民.
대구초등학교, 경북중·고등학교 졸업.
서울대학교 법과대학 1965 수석졸업 및 동대학 사법대학원 졸업 법학석사.
제8회 사법시험합격.
미국 조지워싱턴 법과대학원 및 조지타운대학교 수학.
법학박사 —1990 한양대학교, 명예법학박사 —1991 미국 디킨슨 법과대학교.
부산·서울지검 검사 및 서울지검 특수부장검사, 검사장.
청와대 정무비서관, 법률비서관, 국가안전기획부 특별보좌관.
북방정책·통일정책 수행을 위해 북한·헝가리·체코·소련·중국·
베트남·라오스 등 미수교국을 수십 차례 비밀출장 1985~1991.
대통령 정책보좌관, 정무장관, 체육청소년부 장관.
13, 14, 15대 국회의원 대구 수성갑.
김영삼정권의 정치보복으로 투옥 1993.5~1994.9.
일본 도까이대학 객원교수 1997~1998, 미국 보스턴대학 아시아 경영연구
소 객원교수 2000.6-2001.8. 건국대 석좌교수 2006.3~2011.2.
현재 국제 펜클럽 한국본부회원, 한국 문인협회 회원, 변호사, 한반도
복지통일연구소 이사장, 사단법인 대구경북발전포럼 이사장.

저서
『변화를 두려워하는 자는 창조할 수 없다』(고려원, 1992)
『4077 면회 왔습니다』(행림출판, 1995)
『옥중에서 토해내는 한』 —일본어판
『작은 등불 하나』 (행림출판, 2004)
『바른 역사를 위한 증언』 1·2권 (랜덤하우스중앙, 2005)

상훈
보국훈장 천수상 1980, 청조근정훈장 1990.
제 10회 서포 김만중 문학상(시 부문) 대상 2005.
순수문학 작가상 2008.

따뜻한 동행을 위한 기도

초판 1쇄 인쇄 2011년 7월 26일
초판 1쇄 발행 2011년 8월 1일

글 쓴 이   박철언
펴 낸 이   이정옥
펴 낸 곳   평민사

주   소   서울시 서대문구 남가좌2동 370-40
전   화   375-8571(대표) / 팩스 · 375-8573
            평민사의 모든 자료를 한눈에 볼 수 있는 블로그
            http://blog.naver.com/pyung1976
            e-mail: pyung1976@naver.com

ISBN 978-89-7115-576-9 03800

등록번호   제10-328호

값   7,000원